裸木新書

同人誌って何だ！Part II

居哲男

裸木同人会

◎目次

目次

序に代えて

二〇〇九年秋、ぼくは同人の皆さんに〝生前葬〟をしてもらった。二年間の休刊を経て第四次「裸木」第一号（通巻31号）が発刊された年のことである。

以後、ぼくは生きているのだけれど、死後の世界にも〝お出入り自由の身〟になった、と勝手に決めて、現実と非現実の境目を意識することなく、お構いなしに行ったり来たりしている。いや、これは幼い頃から勝手気儘なぼくの変わらぬ生き方だったような気もするが、生前葬をやってもらって〝公認〟された気分なのだろう。

ぼくらの同人誌「裸木」は、一九五九年に創刊され、第一次から第五次までの間に、十二年の休刊を挟みながら半世紀あまり発刊され続けてきた。延べ同人の人数は百人をはるかに超え、そのうち物故者は五十人を上回る。しかし、ぼくはいつでも夢の中ではなく、亡くなった同人たちとも交流できるのだから嬉しい。

死者との対話――。超時空対談という形で第四次「裸木」から連載を始めたぼくの〝作品〟のほとんどは、亡くなった同人たちとの対話であり、読んでくださる方は、フィクションだと思われるだろうが、ぼくにとってはノンフィクションなのである。死者たちは元気だった。生きている時と変わらず、いや、一皮むけて成長しているように思える彼らは、老衰の極みにあるぼくを叱咤し励ましてくれるのだった。

同人誌って何だ！　本当に同人誌って何なのだろう――。

人間、一人一人それぞれ違う。同人なんてありえない。すべて異人である。異人＝同人となるために、喧嘩し、罵り合い、笑い合い、惚れ合うことを唯一の価値としてきた彼らは、世間的には、どこかへソが大きく曲がっていて〝変テコリン〟でもあった。だから面白い。皆、いわゆる良識も心地よい節義もユーモアも充分に持ち合わせているのに、普通の人とはどこか違う。そこがたまらないほどいい。

ここに登場する十人の亡くなった同人たちは、ぼくにとって、まさにかけがえのない〝同志〟である。生きている間は、毎月、一六会と称する交流会、年一回の裸木祭、新年会や忘年会だけではなく、毎日のように東京・新宿、四谷、赤坂と移り変わったアジトで、夢中になって酒を飲みながら語り合った仲間だった。

――死人に口なし、勝手な架空対談なんかやった覚えはないぞ！　と、彼らは地団太を踏んでいるような気もするが、ここに掲げる超時空対談の、編集なしの録音テープは、ぼくの心の中に厳然として存在する。どのように編集しようとこちらの勝手さ。ぼくがいちばん辟易するのは、彼らの臆面もないぼくへの〝誉め言葉〟だが、恥ずかしさをこらえて、手を加えずに乱発させた。だって、これは彼らのぼくに対する〝皮肉で痛烈な批判〟でもあるのだから。

読ませられる読者の方々は、馬鹿馬鹿しくて、とても読んではいられない、と放り出すに違いないと思うが、もし、最後まで読み通されて、この〝いい加減さ〟と〝何でもあり〟の同人たちに〝あきれ果てて〟もらえれば、望外の幸せである。

著者

佐藤安志

——satoh yasushi

オレは仙台の百姓だ！　文句あっか！

佐藤安志さんは第一次「裸木」の創刊号からの同人だが、私が駆け出しの編集者だった頃、すでに新聞、雑誌、ラジオなどのジャーナリズムで幅広く活躍され、その博覧強記と鋭い直感洞察力に畏れ入った大先輩である。仕事で原稿をお願いして以来、目をかけていただいて、二十世紀の最後まで「裸木」のご意見番として輝いていた同人だった。限りない敬意をこめて、超時空対談の最初に登場していただいた。

〈発表作品〉「仙風悲歌」「合歓」「旅人木」「ヨーロッパ乞食考」「インド乞食考」「太陽道場記・行きずりの人」「山里の人」「阿修羅の巷」「日輪」「波照間島」「バータラ讃歌」「すみれ」「セピア色の光景」「旅の心象」「〈自祭文〉祭」

太陽道場を建設する〝場〟を見つけた！

純情一筋、本音で生きる男の迷彩

鳥居　やはり天国にいらっしゃいましたね。おそらく「裸木」の同人たちで、佐藤さんのことを覚えている人は、もう、ほとんどいないでしょうが「裸木」という同人誌の〝ご意見番〟いうか、ぼくにとっては〝おっかない親父〟のような存在でした。(笑)

佐藤　おお！　おお！　鳥居ちゃん、堅苦しい挨拶は抜きにしようよ。よく来た、よく来てくれた。オレはねぇ、あんたが大好きなんだ。こんな人間が実際に生きているということが信じられないと、第一次「裸木」十号を出すまでの間に驚嘆したんだよ。(笑)

鳥居　佐藤さんは恐いからなぁ。すべて本音で生きてきた人だから参っちゃうんですよ。会えば「お前さん、大好きなんだ」と言われると、悪いことが出来なくなっちゃうから萎縮するんですよ。僕は〝いいこと〟よりどちらかと言えば〝悪いこと〟の方が好きだから。(笑)

佐藤　ハッハハハ、そういう言い方も変わっていないな。オレ、死んじゃってから二十年近くなるはずだけど、鳥居ちゃんほど本音で生きている奴はいないと確信したんだ。あんたほどヌケヌケと本当のことを言ってケロッとしている奴は、そうそういないよ。ときどき、いろいろな迷彩をほどこすか

ら、誤解する奴がいるだろうけど、目の色を見れば分かるんだ。（笑）

鳥居　いや、参った。僕のお株を奪われている感じです。もう、勘弁してください。佐藤さんは、佐藤春夫の直系ともいうべき人だから、逆立ちしてもかなうはずはないんだけれど、純情一筋とでもいった迫力は、天国に来ても変わらないものなんですね。お手上げですよ。（笑）

佐藤　嬉しいねぇ。鳥居ちゃん流を真似ると、世間の人に言わせれば、オレのことを〝頑迷固陋の変わり者〟と言うだろうし、鳥居ちゃんのことは〝柔和で優しい人〟ということになるんだろうけど、これは当たっているようで、本当は逆なんだと言ったら怒るかい？　オレはさ、頑迷固陋でありたいと願っているからいいんだけど、鳥居ちゃんは優しい人でありたいと思っていないらしいからな。（笑）

何も喋らずに突っ立ったままの編集者

鳥居　ギャッ、これはまた、いきなり本質の部分まで斬り込まれてしまいました。これが佐藤安志流の神髄ですから、抜く手も見せぬ太刀さばきに一刀両断されてしまいます。いや、仰せの通り、このレッテルは逆で、僕が頑迷固陋なんです。僕にとっては、佐藤さんは〝おっかない人〟ではあるけれど、一貫して〝柔和で優しい人〟でした。つい、甘えてしまいます。（笑）

佐藤　ビンビンと話が通ずるねぇ。最初はオレも鳥居ちゃんを誤解していたんだよ。毒にも薬にもな

らない柔弱極まりない若造だ、一つ喝を入れてやらにゃならねえと思ったんだ。(笑)
鳥居　覚えています。新学社の隔離されたような特別室で、ただ一人、どいつもこいつも愚か者め、叩き直してやる！　というような顔をしていらっしゃったのが初対面で、震え上がりました。仕事上で僕の兄貴分だった詩人の稲沢明忠さんに紹介されて、原稿依頼に伺ったわけですが、口もきけないぐらい緊張して萎縮状態でしたね。柴田錬三郎さんの時もそうだったんですが、その何というか、圧倒されて言葉が出てこないんですよ。参りました。(笑)
佐藤　参ったのはこっちだよ。原稿依頼に来て何も喋らない編集者なんて初めてだからな。挨拶ぐらいすればいいものを、ただ黙って突っ立っている奴がどこにいる。何か喋りやがったら、一喝しようと構えていたのに、拍子抜けするじゃないか。本当に参ったよ。(笑)
鳥居　柴田錬三郎さんも後で同じことをおっしゃって、何ともいい笑顔をされたのが印象的でした。でも、最初は彼もず〜っと上を向いたまま黙っているんですよ。時間にして2〜3分ぐらいなんですが、その時間の長いこと、円月殺法にやられてしまったんだ、と思いましたね。(笑)
佐藤　へえ？　柴錬さんもビックリしたんだろう。眠狂四郎の円月殺法にやられたんじゃなくて、彼が毒気を抜かれたんだよ。で、オレの時はどうだったんだ。こっちは気が短いほうだから、オレがすぐに何か言ったんだろう。よく覚えていないんだが、オレにはとてつもなく長い無言の対峙に思えて、

こいつ白痴か、とイライラした気分だったな。いや、参った。(笑)

鳥居 そうでしょうね。でも、佐藤さんも柴錬さんも最初に同じことを言ったんです。静かな声で「ま、座れや」とだけ。それで呪縛から解けて、どうやらご挨拶から仕切り直し出来たんですが、しどろもどろで驚かれたことでしょう。なにしろ若かったからなぁ。(笑)

佐藤 なかなかできる奴だから、よろしく頼むと言われていたものだから、気負っていただけに調子を狂わされたんだと思うけど、いきなり「木の文化と石の文化について、思いっきり言いたいことを書いてほしい」という注文だったのを、新鮮な気持ちで聴いたのを覚えている。途端、む、こいつ、アホかと思っていたのに、油断ならねえと思ったな。(笑)

感動した「木の文化と石の文化」の原稿

鳥居 いや、お恥ずかしい。冷汗が出ますよ。あの頃はシュペングラーの「西洋の没落」に影響されて、東洋と西洋という概念に捉われていまして、非常に観念的な問題なんですが、僕なりに勉強しようと必死になっていた時でした。NHKのラジオで佐藤さんがそのあたりのことを講義されているのを聞いて、ハッと目を開かされたので、是非、佐藤さんの原稿が欲しいと稲沢明忠さんに打診したら「ああ、彼なら、そのテーマなら喜んで書いてくれるよ。話しておくよ」ということになって、断られてもともという気持ちで、恐る恐る伺ったわけです。

佐藤 うん、オレはあの頃、結構、売れていたからな。でも、マスコミって奴は制約があって、なかなかオレの書きたいことや喋りたいことを、やらせてくれねえんだ。無制限に思いっきり書いてくれなんていう編集者なんか一人もいねえのよ。何だ、かんだと難しい注文を付けやがって、面倒臭えんだ。オレはごちゃごちゃするのが嫌いでね、何でも勝手にやらせてくれなきゃダメなのよ。そこに、オレの永遠のテーマだけを、好き勝手に思いの丈を書いてくれ、って言われりゃ、よっしゃ、という気持ちになるじゃねえか。(笑)

鳥居 そうだったんだ、こっちは少しは事前に勉強して、気に入られるように、こう言おう、ああ言おうと気張っていたんですが、萎縮してしまっているから説明が出来なくて「何でもかんでも好き勝手に、佐藤さんの考えていることを何の制限もなしに書いてください」という、まったくバカまる出しの原稿依頼になっちゃったわけです。でも、それがよかったんですね。(笑)

佐藤 おお、そうよ。気に入ったねぇ。中でも「一回ごとの原稿枚数も何回で終了するとかも考えておりません。未完のままで終わっても構いません。死ぬまで連載してください」って、鳥居ちゃん、あんた、言ったんだよ。そして恥ずかしそうに眼をパチパチさせてさ、ええい、死んでやる！ というような感じが伝わってきて、オレの方がノックアウトされちゃったんだ。(笑)

鳥居　ははぁ、怪我の功名なんだ。それに翌日、速達で送られてきた連載一回目の原稿が僕のイメージしていたもののピッタリの素晴らしい内容で感激したなぁ。依頼した翌日に原稿が貰えるなんて、そんなことは後にも先にも佐藤さんだけですよ。ビックリした。（笑）

佐藤　これが書かずにいられるかい。鳥居ちゃんが帰った瞬間から原稿用紙に向かって書いたんだ。流れるように書ける。「木の文化と石の文化」は、結局、何回、連載したんだっけ？　あれほど気持ちよく書けた原稿は他にないんだ。鳥居ちゃんがいなければ、決してあの作品は生まれなかっただろうね。同じようなことを、後になって二番煎じ、三番煎じで、何度も他の雑誌や新聞にも書かせられたけど、あんたは名編集者だよ。（笑）

オレは仙台の百姓だ、文句あっか！

鳥居　いや、迷編集者なんです。しかし、何も伝えたわけではないのに、木と石の文化というキーワードで、東洋と西洋を、キリスト教と仏教を、白色人種と有色人種を、自然と科学を、あれほど鮮やかに分析し、比較検討したものは他にありません。六十七回ですから一年数カ月、名もない週刊新聞に連載してもらって、もう、ほとんど記憶にある人は少ないでしょう。（笑）

佐藤　裸木叢書にでもしておくのだったな。忘れられた同人としては、大きなことは言えないんだが、オレは「裸木」というイメージにも惚れ切っているんだ。みんな裸一貫なんだよ。その志から始めるものでなきゃ本当のものじゃないんだ。それなのに、みんな体裁ばっかりつけようとするのが許せない。鳥居ちゃんよ、あんたは本当に素っ裸で立っているような男だよ。（笑）

鳥居　もう勘弁してくださいよ。穴があったら入りたいですよ。僕は小心翼々、ひ弱で矮小で吹けば飛ぶような軽薄極まりない嘘つき人間というのが定評なんだから、その位置で隙あらば何かいいことが出来るかどうかを模索するより仕方がない男だと本気で思っているんですよ。（笑）

佐藤　たわけもの！　卑下して何になる。このオレが言っているんだ。オレは仙台の百姓だ！　文句あっか！　鳥居ちゃんの唯一の欠点は、そういう徹底的な自己批判の過剰から生まれる不安定感を売り物にしているところにあるんだよ。いい年をこいてやれることじゃない！（笑）

鳥居　グハッ、久しぶりに聞きましたね。オレは仙台の百姓だ！　というのが。これには誰もかないません。丸山尚という同人も最後になると「オレは信州の百姓だ！」というのが決まり文句でしたが、そのように言われると、僕にも火がつくんですよ。よし、やってやろうじゃないか。矢でも鉄砲でも持ってこい、ってね。結構、単純なんです。（笑）

佐藤　そう来なくっちゃいけない。鳥居ちゃんもスイッチが入ると〝怖いものなしのタイプ〟なんだよ。シンプル・イズ・ベストというのは、バカの標本のようなもんだけど、火がつくまでの葛藤があった後は、一直線にならざるを得ない。オレに言わせせると、鳥居ちゃんのは、オレのような単純な一直線じゃなくて〝ねじれ直線〟だけどな。（笑）

鳥居　その〝ねじれ直線〟という指摘を、僕は肝に銘じています。やはり僕は好むと好まざるに関わらず、自分の嫌いなインテリの尻尾をつけているんですよね。完全な裸になれないというか〝ええ恰好しい〟の嫌味というか、究極の「文句あるか！」という迫力に欠ける。（笑）

佐藤　また自省をする悪い癖が出とる。そうなんだけど、オレや丸山尚のように「オレは百姓だ、文句あっか！」で開き直るのは、威勢はいいけど喧嘩になっちゃうか、自爆しちゃう危険性があるのよ。そこは鳥居ちゃん流に〝ねじれ直線〟で土俵際を二枚腰、三枚腰と徳俵を使ってしのぐことの方が正解な場合もある。弱そうに見えるけど強いことも評価しなきゃダメだ。（笑）

ハチャメチャのイベント「沙裸羅木展」

鳥居　う、塩を送ってもらった感じですが、ありがとうございます。でも、迫力の差は決定的で、とてもかないません。あの沙裸羅木展を開くことが出来たのも、佐藤さんの「オレは仙台の百姓だ、文句あっか！」の一喝で決まったことを思い出します。（笑）

佐藤　あの同人たちのエネルギーの爆発は凄かったな。絵画、造形、写真を中心に、彫刻、いけばな、書道、漫画などが何の制約もなく一堂に展示されて、むせかえるようなイヴェントだった。あんな展覧会は、世界広しといえどもどこにもなかったんじゃないだろうか。しかし、あれは一種の鳥居ちゃんの〝詐欺〟だったな。オレは〝被害者〟だと思っているんだ。(笑)

鳥居　ハッハハハハ、怒っている。しかし、あれは佐藤さんの方が悪いんですよ。何しろ踏破した世界五十か国に及ぶ写真を百枚も展示するって、開催直前になってから言い出したんですもの。そして、カンボジアに行ってしまって、作品搬入の前日に戻ってくるという離れ業をやる人なんだから参っちゃいました。佐藤さんの個展をやるわけじゃないんですよ。(笑)

佐藤　それでも、スペースは十分にあるって、鳥居ちゃん言っていたから、オレは安心して旅立ったんじゃないか。しかし会場に入ったらオレのスペースが三メートル四方ぐらいしかない。だから「鳥居の奴、また騙したな」って怒鳴ったんだ。お前さん「会場はだだっ広いから大丈夫」って言ってたじゃねえか。びっしりスペースに並べても、70点が限度だった。(笑)

鳥居　ハッハハハ、いや、申し訳ありませんでした。これは〝詐欺〟ですよね。僕を含めて同人の10人余りの展示スペースを1メートル四方に縮小しても、佐藤さんの作品を全部展示できなかったことは、慙愧に堪えません。平謝りします。ごめんなさい。(笑)

佐藤　なあに、そんなに素直に謝ることはないよ。オレも反省させられたんだ。そうか、みんなで遊ぶってことは、こういうことなのか、同人誌をやるってことは、こういうことなんだってことを、鳥居ちゃんは自分が〝詐欺師〟になって見せてくれたんだと思っている。（笑）

鳥居　いや、あのイベントは丸山あつしが一人で苦労してプロデュースしてくれたもので、裸木という同人誌のありのままの姿を、恥ずかしがらずに晒したものだと、僕は高く評価しているのです。佐藤さんは、そこのところを、すぐに理解してくださったんです。（笑）

佐藤　いや、ますます惚れたね。鳥居ちゃんはそういう奴なんだ。自分が悪者になっても、それぞれの輝きのためなら何でもやっちゃう、泥をかぶっても平気な顔をしてニコニコ笑っている。意識してやっているんじゃなくて、確信犯なんだから目が澄んでいるんだ。仲間のためなら、何でもやっちゃう気なんだろう。そんな奴、どこを探してもいないよ。（笑）

鳥居　またまた、そんなことを言われると、穴があったら入りたくなっちゃいますよ。確信犯なんて、そんな偉そうなものじゃないですよ。皆さんがおっしゃる通り、いい加減なんですからね。反射的に何でも受け入れようと思うだけなんです。だから、ハチャメチャになっちゃうんですよ。恥ずかしいことです。笑って勘弁してください。（笑）

佐藤　うんにゃ、勘弁ならねえ。鳥居ちゃんが八つ裂きにされて、血達磨になっているのに、気付かないで自分のことばかり考えていたオレを勘弁ならねえと思ったんだ。恥ずかしくなった。そして、それまで、オレは「裸木」に発表した作品について、鳥居ちゃんが論評してくれた内容に腹を立てていたんだが、これも後で「もっともだ」と、大いに反省したんだ。（笑）

佐藤作品を〝雑感〟と評した〝無礼者〟

鳥居　え？　何か失礼なことを書きましたか。佐藤さんの書かれたものは、すべて珠玉と言っていいものだと思っているんですが、何かお気に障ったことがあったんですか？　そんなことは、あるはずがないじゃないですか。褒め殺しじゃなく大絶賛したはずですよ。（笑）

佐藤　なに？　覚えてないだと？　「同人誌って何だ！」の23ページに「続々と発表された作品は『合歓』をのぞくと、すべて紀行文と言っていいほどの旅のエピソードを交えた雑感という感じの小品だが」って書いているじゃないか。〝雑感〟って言われたんだよ。この野郎！　と怒っていたんだ。雑感とは何だ！　オレの書いたものは雑感か！　ってね。（笑）

鳥居　え？　そうでしたか。参ったな、いや、筆が滑ったんですよ。ほとんどが2〜3ページの短い小品だから〝雑感〟と言ったまでで「一作として力を抜いた間に合わせの作品はなかった」と、ちゃんとフォローしてあるはずなんだがなぁ。参ったな、失礼しました。（笑）

佐藤　いや、その通り、鳥居ちゃんは〝小品〟ではあっても〝雑感〟のように見せながら重要なことをサラリと言ってのけた〝傑作〟だと褒めるために前後で十分すぎるほどの讃辞を連ねてくれているわけで、こっちは恥ずかしくなって、よけい雑感という言葉に寄り縋って怒っているふりをしなきゃ、照れ臭いじゃないか。そして、よく考えてみると、そこでオレが書いていることなんか、正真正銘の〝雑感〟にすぎない、戯言のように思えてきたんだよ。そういう意味でも発奮させてくれた言葉だった。いまはもう、凄い奴だと感心しているんだ。（笑）

鳥居　ギャッ、こりゃまた叱られたり、持ち上げられたり、絶叫マシンに乗せられているような感じになってしまったなぁ。もう勘弁してください。でも、佐藤さんにこのような調子で鍛えられて、第一次「裸木」の十冊は、二年とちょっとで出来たんです。（笑）

佐藤　畠剛という、凄く威勢のいいのがいたなぁ。目を青くして正論ばっかりいう奴が。あの男はどうしたんだ。ああいうのを見ると、まるで若い頃の自分を見ているようで微笑ましくなるんだが、第一次「裸木」が年に三回刊以上のペースで発行できたのは、彼のおかげだね。（笑）

鳥居　その通りです。彼がいてくれなきゃ、とても三年で十号まで出すことは出来ませんでした。彼が締め切りまでに提稿しない同人を怒鳴りつけて書かせてくれるんです。それで仲本淳さんが怒っちゃったこともありました。僕は僕で「あと一息で季刊にすることが出来るよ、頑張れ」と煽ったり、逆に「もう少し締め切りを延ばして待ってやろうよ」と編集に待ったをかけたりする支離滅裂な発行

人のものだから、彼は困ったことでしょう。(笑)

佐藤　ハッハッハ、やっちゃいられない。オレは彼に「早く原稿を出せ!」って怒鳴られたら、サラサラと〝雑感〟を書きゃいいんだけど、仲本さんのような真面目な人は、そういう手抜きが出来ないからな。真面目同士だと火花が散るわな。目に見えるようだ。(笑)

真面目と不真面目の境目にあるもの

鳥居　ええ、だから僕は彼を〝鬼名編集長〟に祭り上げて、その場を凌ぐわけで、明らかに僕の方が〝いい加減な嘘つき〟であることだけは確かなんです。しかし、締め切りが絶対守らなければならない基準なのかどうか、二、三日や一週間ぐらい待ってもいいじゃないか、それでもまだ完成しなけりゃ、次号に回せばいいじゃないか、というのも間違いではないでしょ。(笑)

佐藤　その通り。真面目で、潔癖なのは「いい加減な嘘つき」より、遥かにいいことで立派なんだけど、編集するということは、定規で測るようにはいかない。寛やかな尺度が必要ということなんだろうな。もう少しで〝季刊〟にすることが出来ると煽ったり、年に二号でも一号でもいいじゃないか、という逆のことを言ったり〝矛盾〟を抱えながら、〝いい加減な嘘つき〟という〝汚名〟を平気で引っ被っている鳥居ちゃんの面目躍如というところか。(笑)

鳥居　いや、世間的な常識で判断すれば、これは僕が悪いんですよ。なにしろ、いい加減というより無茶苦茶なんだから、彼が怒るのも当然なんで、第一次の最後の方になると、三十二頁という「裸木」の中で一番薄いものも出てくる。そして最終号に彼は絶望的な口調で、当時はやっていた「チカレタビー」という言葉を枕にした編集後記を書いた。「こんな同人誌、やってられるか」という気持ちがよく分かる。可哀想で見ちゃいられない。（笑）

佐藤　ワッハッハ、こりゃ、笑える。目に見えるようだ。世間的な常識を重んじるか、同人誌を何故出すのかという本質を重く見るか、という問題だな。それでも彼は　第二次「裸木」にも熱心に書いていたじゃないか。その後の彼からは原稿の催促もなくて、会う機会もなかったような気がするんだけど、以後、どうしているんだい？　彼の催促がないと寂しかったよ。（笑）

鳥居　いや、第二次「裸木」も彼がいなければ、十五号を出し切れないほど、貢献してくれていたんですよ。休刊から十年後、第二次をやりましょう、と言ってくれたのも彼ですし、実に熱のこもった「松田定次論」を書いた。彼の一番の傑作でしょう。これは裸木叢書ではなく、ワイズ出版から立派な単行本になって、出版記念会を開いた時、文藝春秋の社長になったばかりの白石勝さんも来てくれて絶賛してくれたから、彼も満足そうでした。（笑）

佐藤　そんなこともあったのか。それも鳥居ちゃんが裏でいろいろ面倒を見たんだろう。「週刊文春」

裸木祭での鳥居と佐藤さん（右）

にマキノ雅弘の連載をしていたのは知っていたけど、読んだことはないが、東映時代劇についての彼の蘊蓄は半端じゃなかったからなぁ。中村錦之助、大川橋蔵あたりを語らせると、止まらないからねぇ。ああいう面白い人間は、昨今、同人にはいないないだろう。（笑）

懐かしの鬼編集長・畠剛よ何処？

鳥居　ええ、あのような火の玉のような一徹者は、生きづらい世の中になりましたからねぇ。皆さん〝良識派〟が多くなりました。いや、彼も良識派の一つの典型なんですが、独特の妥協を許さない正義感と、それと裏腹な、他人にはよく理解出来ない強烈なコンプレックスを持っていて、他者に対して柔軟な対応が出来ないので、誤解され、嫌われる不幸を背負っていましたね。〝いい加減〟や〝何でもあり〟は、許せない男なんですよ。（笑）

佐藤 分かるような気がする。人間って誰でも、それぞれ人には分からないコンプレックスを抱きながら成長するもんだからな。これをどう克服するかが問題なんだが、彼の場合は、真面目過ぎるのが心配だった。で、今はどうしているんだい？ まだ、「裸木」の〝重鎮〟として、書いているの？あのくらい熱のある奴がいてくれなきゃ、鳥居ちゃんが困るだろう。まあ、オレも人のことは言えない一徹者だから、困るんだけど、人間て奴は困ったもんだねぇ。（笑）

鳥居 ハッハッハ、佐藤さんも自己批判的になっちゃっている。オレは仙台の百姓だ！ と胸を張ってくださいよ。そういう意味なら、畠剛には自己批判は微塵もない。というより、強烈なコンプレックスに支えられて、自己正当化のために、ますます過激になるんです。だから皆に敬遠されてしまって、日本脱出の挙に出るわけです。さすがに決心してから相談に来ましたがね。（笑）

佐藤 え？ 日本にはいないの？ それはビックリだな。どうしてそうなるんだ。オレも世界数十か国を渡り歩いて、常に〝日本脱出〟を試みたけど、やはり日本が一番いい。そう言えば、彼は国民健康保険にも加入しないって威張っていたのを覚えているが、〝命がけ〟の質が鳥居ちゃんとは違うわけだ。鳥居ちゃんの〝命がけ〟は、〝あちらこちら命がけ〟だからな。（笑）

鳥居　彼の場合は、国保に入っていないから、日本にいても老後の保障がないのを心配するような年になってきて、彼の唯一の理解者である母親を亡くしてからは、生活のためにも海外移住を考えていたようです。いかにも彼らしい発想ですが、タイのバンコクにしばらくいて、後にフィリピンに拠点を置くようになり、彼の描く〝自由〟を満喫していた時期もありました。(笑)

佐藤　そりゃ、凄いじゃないか。オレは戦後日本に絶望して若い頃から「太陽道場」を創って、日本を根本的に変えなきゃならん、という理想のもとに、全国各地を歩き回って拠点づくりをしようと試みたんだが、日本には可能性がないと思って東南アジアを積極的に駆け巡ってきた。タイはいいと思ったなぁ。畠君はそれを実践したわけだから、それだけでも偉い。(笑)

鳥居　ええ、そう思います。僕も彼が相談に来た時、いいじゃないか「日本に固執することなんかない、思いっきり海外で暴れてこい」って賛成したんです。そのうち「裸木」も世界中の皆を同人にするのが理想だから「タイにまず、裸木支局を置きに行ったつもりで頑張れ。オレも十年後には、そうするつもりだから、拠点を作っておいてよ」といった調子です。(笑)

夢と消えた同人誌「裸木」の海外進出

佐藤　ハッハッハ、無責任な発言だな。自分じゃ、そんな気は全くなかったんだろう。鳥居ちゃんは、そういう奴だ。いや、おそらく、止めても無駄だと見抜いて、激励したんだとは思うけど、お前さん、大変なことなんだぞ。まず言葉の壁がある。生活習慣の違いや治安の問題など、観光旅行とは違うんだからな。ここじゃ、いい加減は通用しない。（笑）

鳥居　ええ、分かっています。でも、畠剛の勢いの前では、そんなことは言える雰囲気じゃなかった。二、三回テストケースで視察してきて、こりゃ、ダメだ、と諦めるだろうと踏んでいたんですが、彼の勢いでテストは、あっという間にクリアされましてね。人間同士、言葉の壁なんか屁でもない、身振り手振りで何とかなる、要は自分の意志がどれだけ高いかに尽きる、と彼に言われた時に、僕は、ああ、オレはダメだが、こいつならやってくれるだろうと信じましたね。（笑）

佐藤　そうか、それじゃ、そうしておこう。でも、彼がタイのバンコクという〝天国〟に見切りをつけて、フィリピンに定着して自由を満喫していたというのは、羨ましいな。オレの感覚では、よほどタイの方が上質の国だと思えたけどね。太陽道場の建設を目指すには、タイがいい。（笑）

鳥居　佐藤さんの場合は、極端に言えば、ルソーのような〝原始に帰れ〟とでも言った思想というか、科学文明批判が根っこにあって、自給自足を目指して、人間、最初から出直そうという願いがあるわけじゃないですか。畠剛には、そんな意識は毛頭ないんですよ。彼はあくまで〝現代人〟で、合理的に自分が如何に思い通りに生きていけるかを考えているわけです。（笑）

佐藤　そうか、そうか。で、タイからフィリピンに移って、彼はやりたいことを実現出来たわけかい？あそこは物凄い高金利だった時代があったから、金さえ積んでおければ、利息で悠々自適の生活が可能だったからな。ただ治安の面で不安があるんだ。（笑）

鳥居　あ、さすが佐藤さん、おっしゃる通りで、四百万円だったかな。それを銀行に預けておくと、贅沢な暮らしが出来る。なにしろ年利34％とかで、利息だけで左団扇の時代だったらしい。それでも彼は、現地人ではなく、現地にいる日本人が怖いと言っていましたね。二、三号は原稿も送られてきたんですが、一度帰国して、再度、向こうに行ったまま音信不通になりました。それっきり消息不明のまま二十年あまりも経っちゃいました。（笑）

佐藤　ははぁ、裸木の海外進出も夢と消えたわけか。惜しいことをしたなぁ。オレも日本各地を渡り歩いて太陽道場の建設に夢中になっていた時代を思い出すよ。当時は日本の農業のことなんか考える奴はいなくて、輸入だけに頼って、自給率の危機感なんて問題にもされない時代だったからね。バカ者扱いにされたものだが、仙台の百姓としては黙ってられないわけさ。（笑）

「絶対自由の理想郷」を建設しよう！

鳥居　佐藤さんが脳梗塞で倒れたのは、第二次「裸木」八号が出た直後で、僕が西新宿の東京医大病院に、お見舞いに伺った時のことを思い出します。倒れても意気軒高で、ベッドに胡坐をかいて滔々と太陽道場構想を僕に語ってくださいました。飽食の時代に警告を発するというより、人間の生き方の問題に対する雄大な、佐藤さんならではの発想に感動したものです。

佐藤　すぐに理解してくれたのは、鳥居ちゃんぐらいのもんだよ。人間っていう奴は、自分を含めて厄介な生き物だから、あまり大きなことは言えないんだが、人間が人間らしく生きる原点のようなものを考えることをせずに、ただ欲望の充足だけを求める時代が長く続き過ぎたということだけは確かだからね。もう遅いくらいだが、本気になって考えなきゃいかん。

鳥居　今だけ、金だけ、自分だけ、という人たちを見ると、哀しくなっちゃう。僕は前向きではなく、後ろ向きの人間だから、非科学的で非合理、反動的だと軽蔑されるんですが、進歩とか繁栄とかの名のもとに、人類が営々と築き上げてきた〝知恵のようなもの〟が切り捨てられていくのが哀しくて仕方がありません。零れた落穂拾いをしていくのが僕の生き方です。あまり真面目になって宣言するのは、恥ずかしいし、危険なことなんですが。（笑）

佐藤　うん、うん、進歩主義者にゃ笑われ軽蔑されるだろうね。しかし、鳥居ちゃんは、その部分では頑固で、絶対に譲らないだろうな。危なくなっても土俵際に追い詰められても、したたかに〝いい加減〟と〝何でもあり〟を駆使してシラッと躱し、恥ずかしそうに眼をパチパチさせる〝ぶりっ子芸〟

発揮してくれるだろう。人間の本当の〝進歩〟というのはそういうものだ。(笑)

鳥居 プハァ、また、穴があったら入りたくなりますが、ここでは開き直りましょう。本当に、この部分だけは〝命がけ〟ですから。いつまでそれが出来るかなんて、今はまだ考えられません。とにかく、ゲオルギュウージゃないけれど「たとえ世界の終末が明日であっても、私は今日、林檎の木を植える」という気持ちで頑張るつもりでいるんです。本当にバカですね。(笑)

佐藤 それを聞いて安心したよ。オレは太陽道場を生きてるうちに実現できなかったのが心残りだったんだけど、こちらで太陽道場を建設出来るところを見つけた！ という気持ちでいるんだ。死ぬも生きるも同じこと。鳥居ちゃんがこちらに来るまでには、理想郷を作っておくよ。(笑)

鳥居 僕は絶対に天国には入れない〝罪人〟だけど、修羅も地獄も極楽も自由自在に往来できるような〝絶対自由〟が理想なんです。身の程知らずも甚だしいことですが、これまで罰当たりな〝いい加減〟と〝何でもあり〟で生きてきたんですから、厚顔無恥を貫きますよ。(笑)

いつの日か、こちらで「裸木」をやろう！

佐藤 ハッハハハハ、オレの理想郷と同じだよ。どんなにバカにされても、絶対自由のために頑張ってくれ。八十歳を超えても色気は失っちゃならねえぞ。若い女の子に手を出して「セクハラだ、いい

年をして」と言われたら「それは老人差別だ」と言い返した爺さんのようにな。（笑）

鳥居　ハッハハハハ、それはいい話です。佐藤さん、こちらで青春を謳歌しているようですね。佐藤さんの作品には必ず良寛さんの詩歌と清らかな少女が微笑む場面がありました。「焚くほどは風が持てくる落ち葉かな」だったかな。心が洗われますね。（笑）

佐藤　うむ、それには「裏を見せ表も見せて散るもみじ」という節度ある何もかもさらけ出す人品が必要なんだが、そうありたいね。いつか鳥居ちゃんが、こちらに定住してくれるようになったら、また「裸木」をやってもらって、オレが〝雑文〟を書けるように、オレも頑張るよ。（笑）

鳥居　ギャッ、また、いじめられています。ええ、書いてください。偉大な雑文を、今から楽しみにしています。そして、まだ未完のままの「東洋の没落」と「世界を動かした1、000人」を読ませてもらえると期待しています。ありがとうございました。

志田幸枝

——shida yukie

アナログの世に在って魂は倦まない！

志田幸枝さんは第二次「裸木」第八号からの同人。「時間」「日通文学」「新作家」「虚実」「幻視者」「ルネッサンス日本」などの同人誌で、広く注目を集めた詩人である。高校教師を三十年余り続けた後、中国の大学生に日本語を教える教師としても長年活躍された。

第一詩集「白の盆灯」、第二詩集「風の森」のほかに、年四回発行されていた「裸木通信」に連載されたエッセイを中心にまとめた裸木叢書「人色多色」（エッセイ集）がある。

〈発表作品〉「運ばなし」「ピザ屋の犬」「野外ステージ」「鳴沙山」「秋立つ」「千さま」「テニスコートの脇で」「佳木斯から　透明讃歌」「メロンの横切り」「徳陽の散歩」「佳木斯再び」

アナログ人間には、住みよい場所だわ

ここは本当に〝天国〟なのですか？

鳥居　志田さん、お久しぶりです。とても穏やかでいい表情をされていますね。生きていらっしゃった時もそうでしたが、もっと安定感が増したように見えます。ここはまぎれもなく天国です。

志田　そう見えますか？　鳥居さんは意地悪だから、用心して聴かなきゃいけないんですが、確かに少しは安定した気持ちでいられるようになりました。ここは本当に天国なんですか？（笑）

鳥居　正真正銘の極楽浄土でしょう。志田さんには最もふさわしい場所だと思いますが、きっと志田さんは天国ではご不満なのではないかとも想像していたものですから、少し意外な感じです。（笑）

志田　あ、やっぱり意地悪をおっしゃっているんだ。本当は、私に天国は不似合いだとおっしゃりたいのでしょう。私をどうしても、冷静である上に厳しく現実と戦っている〝強い人間〟のように思っていらっしゃるような感じがします。私は常に〝か弱い女性〟なのに。でも、アナログ人間の私には、意外に住みやすい場所なんですよ。（笑）

鳥居　ハッハハハ、いや、志田さんに会うと、いつも緊張しちゃうんですよ。うっかりしたことを言うと、ピシャッと厳しい言葉が返ってくるような感じがして、用心しなければなりません。佐藤安志

さんは「志田さんは、おっかねえ人なんだよ」と常におっしゃっていましたから。（笑）

志田　佐藤さんは、おかまいなしに本当のことを言う人でしたからね。でも、私のことを〝おっかない女〟なんて、見当違いもはなはだしい。何もかも〝おぼつかない人〟で、必死にあがいているのに、もっと〝女らしく〟しろ、と説教ばかりされていました。恥ずかしい。（笑）

鳥居　そうなんですか。僕には志田さんは、充分以上〝女らしい人〟に見えますけどね。僕の母も古き良き時代の良妻賢母型の人でした。しかし、父がシベリヤの捕虜になって抑留されていた時期の母は、おっかない人になりました。ものすごく躾が厳しくなって。（笑）

志田　それは分かります。私だって早くに夫を亡くしたから、子供に対して厳しすぎるほどの態度で接していたような気がします。そうするより仕方がなかった。おそらく儒教の倫理観に従っていたのでしょうが、それはそれで間違っていなかったという気がします。（笑）

鳥居　ええ、僕らの世代というか、僕の十年後ぐらいまでに生まれ育った人間には、良くも悪くも儒教が骨がらみになっていますからね。「男女七歳にして席を同じゅうせず」あたりは、さすがに誰もバカバカしくて通じなくなっていると思いますが「男子、厨房に入るべからず」どころか、料理が出来ない男は、女性に軽蔑される時代になりました。（笑）

志田　良い時代になったのかどうか、私などには分からないのですが「席を同じゅうせず」も「厨房に入るべからず」も孔子や孟子の〝現在使われている意味〟での教えではないわけでしょう？　むしろ、日本の武士道のような封建思想を都合よくアレンジして、日本の女性に押しつけたものという気がするのですが、私にはむしろ抵抗なく受け入れることが出来るんです。こんなことを言うと、若い人たちばかりではなく、ほとんどの現代人に叱られてしまうでしょうが……（笑）

孔孟の教えの優等生ではなかった

鳥居　ほらっ、おっかなくなってきました。志田さんは二松学舎の筋金入りの〝国漢の教徒〟だから、逆立ちしてもかなわないんだけど「礼記」や「孟子」には、確かにその原典があるわけでしょう？　僕は七歳で国民学校一年生になって以来、大学卒業まで、ず〜っと男女共学でしたし、高校時代から自炊の下宿生活を体験していますので、孔孟の教えに逆らってきた世代なのかもしれません。〝男女同席〟にも〝厨房作業〟にも違和感が全くないのです。（笑）

志田　あ、また意地悪をおっしゃっているんでしょう。私は確かに儒教の影響を大きく受けて育った世代の、当時としては〝普通の人間〟の一人ではあるはずですが、孔孟の教えの優等生では、決してなかった〝ぼんやりした女性〟だと自分では思っています。（笑）

鳥居　ええ、お仲間の詩人・堀木正路さんに言わせれば〝おっとりした女性〟ということになるのでしょうが、この堀木さんの〝志田幸枝像〟は、本質を捉えたものですね。早船ちよさんの同人誌「新作家」時代からご一緒だったお仲間だけに、詩的で的確な表現です。志田さんの裸木叢書「人色多色」の出版記念会に堀木さんがお見えになった時、いろいろ伺いました。（笑）

志田　もう、鳥居さんは意地悪だから困ります。現実に起こっていることを理解できないで、いつもバタバタと足掻いているのに、どう足掻いていいかもわからないで途方にくれたままボンヤリしているのが私です。頭が悪いのです。本当に恥ずかしいばかりです。（笑）

鳥居　女性は男性に比べて頭が良く、現実処理が的確で生まれつき〝お利口さん〟なのだから、男性は逆立ちしてもかなわないのですが、そうでないタイプの女性もいないわけじゃありません。ある意味では志田さんも現実処理が苦手な〝男性的な発想〟の持主なのかもしれません。バカという意味ではなく〝お利口さんではない〟思考形態をお持ちなのだと思います。（笑）

志田　あ、そう言っていただくと安心できます。鳥居さんは意地悪なのではなく、優しい人なのかもしれないと、初めて思いました。男も女も同じ人間であり、それぞれの人間がいる、という視点から同人たちと触れ合っていらっしゃるということが「同人誌って何だ！」を読ませていただいて分かったんです。本当に嬉しかった。私が私のままで居ていいということなんですもの。（笑）

鳥居　ええ、そうでなくては意味がありません。男も女もそれぞれの人間として、それぞれに〝在る〟

のだということは、当たり前のようですが、どうも多くの人は〝それぞれに在る〟ではなく〝同じように在る〟ことを望んでいるような感じがして、僕は不安になるのです。（笑）

控えめに自分を譲らない自衿の精神

志田　教育の問題なんでしょうね。それぞれの資質もあるのでしょうが、これは各家庭の教育の問題が大きいような気がします。私は母に幼い頃から「人に何かを言われるから、こうするのではなく、自分で考えて、いいと思ったことをやりなさい」と教えられて育ちましたから、何事にもボンヤリ考えて人に笑われるような人間になってしまったのかもしれません。（笑）

鳥居　あ、それは重要なポイントのような気がします。ボンヤリというのがいいですね。人の言葉や顔色を読んで、素早く反応する利発な子供がいますが、僕はあまり好みません。そういう子供は確かに優秀なのかもしれませんが、コマッシャクレな感じがしてしまいます。それが可愛らしいのならいいのですが、小生意気だと怒りたくなる。（笑）

志田　いいえ、庇ってくださらなくてもいいんですよ。とにかく私は、母親の教育のせいで人に対しても何事に対しても、まず、ボンヤリ考えてから反応するようになってしまったのだと思っているのです。決して〝おっとり〟なんて上品なものではありません。（笑）

鳥居　いや、それで分かりました。そういえば、志田さんは「運ばなし」という「裸木」に最初に発表された作品で「人の噂話が嫌いな母親」のことを書いていらっしゃったでしょう。あれだけでもう、僕は参ってしまいました。こういう母親に育てられた志田さんの〝矜持の精神〟とでも呼べるものが、圧倒的に伝わってくるのです。決して自分を誇るとか自慢するとか言った普通の意味ではなく、むしろ控えめな〝譲らない自分〟がいらっしゃる。（笑）

志田　あ、お恥ずかしいのですが、見事に言い当てられている感じがします。やはり、鳥居さんは怖い人です。ボンヤリでもオットリでも構わないのですが、その感覚だけは鋭敏というか、確かな実感としてあるという気がします。そして、これも「同人誌って何だ！」を読ませてもらって感じたのですが、カール・ブッセの「なお遠く」に涙します。「山のあなたの空遠く」というリフレインではなく、「山のあなたのなお遠く」という「なお」がいいんですよね。「涙さしぐみ帰りきぬ」であっても、なお求めてやまない理想主義の極致といってもいいのじゃないでしょうか。ロマンティズムは、決して甘く弱いものではありません。（笑）

鳥居　いや見抜かれちゃっているのは僕の方です。恐縮してしまいます。恥ずかしながら僕は甘っちょろいロマンティズムの信奉者なんですよ。ほとんどセンチメンタリズムに近いと自己批判するのですが、僕は志田さんの沙裸羅木展に出品された自作の詩の墨書「ここに在って魂は倦まない」という一節に電気に打たれたような気持になったことがありました。これは僕がやろうとしている自分の「裸木」という同人誌の基本的な〝想い〟と同じだ、と、秘かに心強い思いをしたことを思いだしました。(笑)

志田　ああ、分かります。鳥居さんが甘っちょろいロマンティストではないことがよく分かります。私にも同じような想いがありまして、うまく現実に対応できなくて、おろおろしている自分を恥ずかしいと思いながらも、自分はそうなのだから仕方がないと、その時点で開き直ってしまうのですが、鳥居さんは手を変え品を変え、相手を説得する努力をされているように見えます。(笑)

見るも聞くも考えるも本人次第

鳥居　だから、メタメタになっちゃうんです。最初に言っていたことと逆のことを言ったりしてしまうものですから〝いい加減の鳥居〟とか〝何でもありの鳥居〟というのが定着して「裸木」のキャッチフレーズになってしまいました。だからいつも「ああ！」と嘆くのです。(笑)

志田　それに救われたのが私です。そうか、こんな自分でもいいんだ、どんなに無様でも自分の思っていること、自分がやりたいことをやっていいんだと、ふわ〜っという感じで寛やかに受け止められたんです。ありがたいことでした。「裸木」の同人になってよかった。(笑)

鳥居　ありがたいのはこちらです。佐藤安志さんと志田さんは完全な〝同人〟だと思っています。他に芦川喬さんもそうなんですが、裸木同人会に〝入会〟したのではなく、まるごと〝同人になってしまった〟というか、そのもの、という感じで受け止めています。（笑）

志田　光栄ですわ。私には自信というものが全くないのですが、そのままでいいとおしゃっていただけるのですから、これほど安心できることはありません。少なくとも自分が感じること、それだけは嘘や偽りではなく、自分のものとして大切にすることが出来ますものね。先に話が出た「人の噂話が嫌いな母親」のことを書けたのも、そこにポイントがあります。

鳥居　あれは凄い小品です。人間個人の素晴らしい〝パワー〟を描いています。腎臓がほとんど機能しないほど衰えた老母を病院に見舞って回想する話なのですが、どんなに衰えても「見るも、聞くも、考えるも、本人次第という個々の人間の強い意志以外、貴重なものはない」という志田さんのお母さんの圧倒的な姿勢が伝わってくるものでした。

志田　科学万能という世の中ですから、主観より客観が重視されるのは当然ですが、母は客観的であることより「主観的であれ」という生き方をしていたように思います。アナログ人間の典型のような母親のもとで、輪をかけたようなアナログ人間として私は育ちました。（笑）

鳥居　僕もそうだなぁ。デジタルな思考ができないというか、時代に逆行する人間なんだと思っています。でも、人間という存在はアナログそのものであって、それが真っ当なものだと開き直るより仕方がない。正確さより不正確、非連続より連続、理性より感性を愛します。(笑)

志田　まあ！　無理に私に同調してくださらなくてもいいんですよ。不正確より正確の方がいいに決まっていますし、感性も大切ですが、理性もなくちゃならないものじゃないですか。時代に逆行する思考しかできない私は、電車に乗る切符を買う自販機の前で立ち往生してしまうのですから、お話になりません。携帯電話、スマホなんて、怖くて使えないほどなんですよ。(笑)

急激な進歩や変化についてゆけない

鳥居　ハッハハハ、目に見えるようですが、安心しました。僕も同じようなもので、携帯が鳴るたびに脅え、パソコンでEメールを送る度に冷や汗をかくような毎日ですが、確かに便利ではあっても、デジタルというものは、心臓によくありません。本当に困ってしまいます。(笑)

志田　合理化とか進歩というのは、結構なことなんでしょうが、私たちのようなアナログ人間には、体にも心にも悪影響を与えるものです。私のような便利で効率がいいと言われるものが苦手である人種にとって、急激な進歩とか変化というのは暴力と同じです。(笑)

鳥居　ああ、同感です。僕も〝急激な進歩・変化〟にはついてゆくことが出来ない愚鈍で不器用な人間なのだ、と、いつも実感しています。怖いんですよね。少しずつ進歩してゆく、少しずつ変化してゆくというのなら、ついてゆくぐらいの能力は持っていると思うんですが、軍国主義全盛の幼稚園、国民学校で教育を受け、嫌だな、とは感じていても、戦後、いきなり民主主義、自由主義と言われても抵抗感がありましたね。ケロッと変わることが出来ないんです。（笑）

志田　それが正常というものじゃないでしょうか。いつも多くの人に時代遅れだと笑われるのですが、事実、時代遅れではあっても、いくら何でも〝節操〟というものがあるだろう、という気がして。恐る恐る〝節操〟という言葉を持ち出すと、また笑われるのが私の少女時代だったという気がしないではありません。いつの時代にも取り残される生き方しか出来ないのです。（笑）

鳥居　同じですね。臆病なんだと言ってくれる人もあるのですが、臆病と言うのとは、また違って、パッと自分が思い込んだものだったら、その人がビックリするほど積極的になったり、過激に行動することもあって、人は驚くようです。志田さんもそうでしょう。日本語を教える教師として、単身、旧満州の佳木斯まで出かけて行く。僕なんかには到底出来ない行動力です。（笑）

志田　好奇心はある方なんでしょうね。でも、怖いもの知らずというか、勇気があって、何でも見てやろうというような積極的な行動力ではないんですよ。例えばツベルクリン反応で陰性ならば、ＢＣＧをやらなくてはならないでしょ。それを嫌がるよりは、率先して打ってもらうという程度の行動なんです。BCGは嫌だから、注射された箇所をこすって、陽性に見せるという小細工をするようなことはしたくないというか、出来ないんだけなんです。（笑）

鳥居　ハッハッハ、その例えは面白いなぁ。僕は小細工してでも注射を逃れたい姑息な人間なんですが、小細工するのも、弁解するのも面倒臭くて、何事にもムニャムニャ、なるようになれ、という調子で誤魔化してしてしまうというか、曖昧にしたままやり過ごして生きてきたような気がします。とても単身、中国大陸の北端で冬は零下35度にもなる所へ行く勇気はありません。（笑）

現実に対する認識の甘さの問題

志田　いえ、勇気と言えるような立派なものではないんです。佳木斯がどういうところかは事前に、一応調べていましたから、予備知識はありましたし、以前にも十回ほど中国旅行をしていたものですから、物凄く厳しいところへの赴任、という感じはなかったんです。むしろ、これまでの中国旅行とは違う何かがあると期待していたぐらいですから。楽天的なんです。（笑）

鳥居　裸木叢書になった「人色多色」は、「裸木通信」に長期連載された佳木斯の「透凍賛歌」と名付けられたエッセイ群をまとめたものが巻頭に配置されて、その辺の事情が詳細に分かる圧倒的な重量感があるのですが、どこかユーモラスな印象が漂います。そうか、志田幸枝という稀有な女性を〝楽

天的〟と捉えるのも一つの見方になりそうですね。（笑）

志田　そう言っていただくと気が楽になります。要するに〝現実に対する認識の甘さ〟というのが、私の〝本質〟なんです。楽天的というより〝無謀〟というか、痛い目に遭わなければ、自分が思っているものと現実の厳しさとは、大変な違いがあるものだということが分からないんでしょうね。そういう意味では、私も桁外れのロマンチストと言わなければなりません。鳥居さんも、その辺で苦労なさっていることでしょう。いつも「ああ！」と嘆かれる文面を見て笑います。（笑）

鳥居　ハッハッハ、ええ、その通りです。しかし、おそらく、志田さんが零下35度になっても、スカート姿で教壇に立つので、生徒たちが賭けをした。「今日こそ先生はズボンに着替えてくる」という賭けに負けた者は、罰ゲームで五体投地。この極寒の中では死刑にも等しい罰であることを感じた志田さんは、自分の節を曲げて、好きなスカートから嫌いなズボンに穿き替える。ここが志田さんという女性の真骨頂と言えると思います。（笑）

志田　分かっていただけますか。スカートで押し通そうと思っていたんですよ。でも、自分が変わっていいと思った。透凍の大地の前では、三度ぐらいは自分が変わっていいと思ったんです。この思いは今でも変わりません。桁外れのロマンチストは、一転、リアリストになります。（笑）

鳥居　自分のことのように分かります。うまく表現できないんですが、頑なにまで強く自分を押し通すはずの自分が、一瞬の納得によって、正反対の行動をとることが出来る、というか、変身できるんですよね。自分のためじゃないんですよね。生徒のために自分の思いも変えて変身できるエネルギーを与えてくれるのは、自分が好意を持って愛情を注ぐと決めた対象の〝他者〟なんですよね。好意を持てる他者に対して、即座に同調できる柔軟性があります。（笑）

志田　ええ、その転換の速さはデジタル思考の人たちが面食らうぐらい速いのではないでしょうか。鳥居さんが同人の一人一人と語り合っていらっしゃるのを、そばで聞いておりますと、変身、変身、また変身というか、相手によって違う対応をなさっているのを感じるんですが、それは〝変節〟ではないんですよね。結局は同じことをおっしゃっているのだと理解できます。（笑）

朝令暮改と君子豹変の素晴らしさ

鳥居　あ、怖いなぁ、これだから志田さんには頭が上がらないのです。いや、自然にそうなっちゃうんですよ。自分が言っていることが前の人に力説していたこととは正反対の矛盾している内容になっていることが多くて、嘘つき、いい加減、何でもありと批判されても仕方がないんです。それぞれの人がそれぞれに輝いてくださることが、僕の幸せなのですから。（笑）

志田　そうおっしゃって、恥ずかしそうになさるでしょ。すべてを受け入れて、それでいいじゃないか、と全てを丸ごと受け入れる姿勢が分かる人には、言っていることが矛盾していようが間違っていようが、これほど安心できることはありません。少なくとも私は救われるのです。（笑）

鳥居　そう言ってもらえると、嬉しいなぁ。朝令暮改なんてものじゃなない、いま言ったことが次の瞬間に変わっているのに、恬として恥じない場合がよくあって、コロコロ変わる言動に、真面目な人たちが信用できないこともよく分かるんです。でもそれが「君子」というものだと開き直っているのですから、我ながらあきれることもあります。（笑）

志田　君子豹変す、なのではないですか。少なくとも「君子危うきに近寄らず」などという〝もっともらしいもの〟よりは信用できます。そういう意味では孔子サマも鳥居さんと同じように〝いい加減〟と〝何でもあり〟を説いた人ということが出来るんじゃないでしょうか。（笑）

鳥居　ハッハハハハ、絶妙の孔子理解ですね。いや実際、僕たちのような儒教精神で背骨が形成されているような人間にとっては、そう理解することが正当なはずなのに、普通の人の孔子理解は通俗的でしょう？　妙に倫理的な〝正しいこと〟を言っているように受け取って「三十にして立ち、四十にして惑わず」なんてことになってしまう。これは孔子侮辱ですよ。（笑）

志田　ええ、そして老子サマの方の「大道すたれて仁義あり」に共感するという面もあって、それは〝ごもっとも〟なんですが、トータルに考えると〝普通の人〟も、結構〝いい加減〟と〝何でもあり〟を、

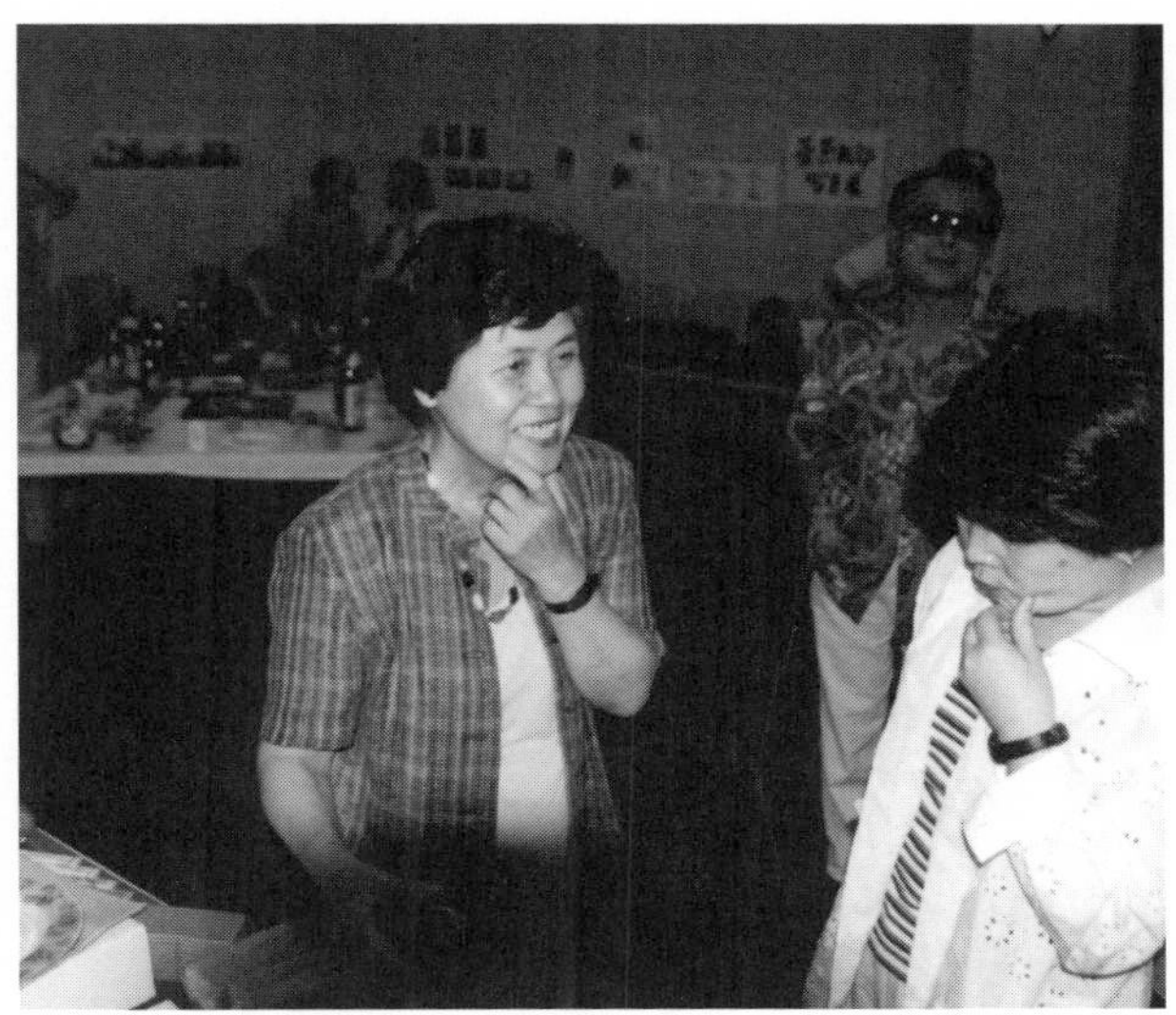
志田氏（左）裸木祭で

しっかり身に着けていらっしゃるということになります。（笑）

鳥居　うん、うん、だから心配することはないのかもしれませんね。ただ、普通の人というのが怖いのは、それぞれ違うはずの他者を、それぞれに認めるというのではなく、何故か同じ価値観を共有しなければいけない、という方向に傾きがちになるところで、そこに世間の常識を定着させかねないところであるように思えます。あれもいい、これもいい、という〝いい加減さ〟を嫌うような気がします。自分の判断より、世間の常識に従う方が無難ですからね。（笑）

志田　ええ、私も面倒臭いから、世間の常識に素直に従って、その場、その場を凌ぐことの方が多くなりましたが、正直言ってストレスが残ります。あ、自分は自分らしくないことをやっているという自己嫌悪が辛いですね。平気で世間の尺度を押し付けてくる人たちに抵抗したい自分がいるわけですが、だいたい押し切られて、いつも「ごめんなさい」と謝って逃げています。（笑）

客観的という名の他人志向時代

鳥居　世の中というのは〝人サマの目〟ばかり気にする「他人志向」が全盛の時代ですから、何だか正しいように思われる〝客観的〟ということが重んじられ、自分がどう思うかではではなく、他人がどう思うかということを基準に生きている人が多いからでしょうね。独自の目も耳も考えも持てず、ファッションとブランドに流されているわけです。（笑）

志田　偉そうな言い方になってしまうので、恥ずかしいのですが、私はファッションとか、グルメとかには、あまり興味が持てないんです。なるべく目立たないような服装をした方が気が楽ですし、食べるものも贅沢をしようとは思いません。お腹さえ空いていれば、何でもおいしくいただけます。好物は何かと聞かれ、すぐに思いつかなくて「ナスの糠漬け」と答えたこともあります。（笑）

鳥居　ハッハハハハ、それは素晴らしい。僕は戦中戦後の食糧難時代の影響もあるのでしょうが、口卑しくて、まるで食欲もないのに、街の食堂やレストランが陳列しているメニューを覗き込んで、旨そうだな、食べたいな、と思うのです。そうか、ナスの糠漬けなんて言われると、たまらなくなりますね。無条件でそういう人は信頼できます。（笑）

志田　いま、都会で生活をなさっている人で、本当においしいナスの糠漬けを食べていらっしゃる方は、おそらくいらっしゃらないでしょうね。私は、これがなくては食事だと思えないので、一生懸命、毎日、糠漬けを作るのが日課です。糠味噌臭いと言われても仕方がありません。（笑）

鳥居　ぼくもそうです。誰も信用してくれないんですが、糠味噌に手を突っ込んでかき混ぜる行為は、自分が生きてきた人生そのもののような気がしますね。デジタル世代には想像もできないアナログ行為なのでしょう。ナスの大きさ、色合い、新鮮度を目で確かめ、塩もみの程度を図り、糠の加減まで考えながら漬け込んでいく自分がいとおしい。（笑）

志田　まあ、すごい！　私なんかポンポンと放り込んでしまうのに、そこまで計算されるんですか。それは凄いですよ。鳥居さんが糠味噌に手を突っ込んでいらっしゃる姿なんて想像も出来ませんが、本当ですか？　まさか、お得意の〝嘘〟じゃないでしょうね。（笑）

鳥居　志田さんにまで疑われるのでは立つ瀬がありません。本当は木の樽か瀬戸物の壺のようなものがいいのですが、大きなプラスチックの箱に糠味噌を半世紀以上漬け込んで、毎日二回は、ひっくり

返して生きてきました。僕の手を見てください。糠に磨かれて綺麗でしょう。（笑）

志田　本当に赤ちゃんのような手をしていらっしゃる。信用しました。昔は銭湯に糠袋を持っていく人が多かったのも思い出します。昔は人間の知恵がイキイキ日常で輝いていたんだと思いますね。洗剤などはお使いにならないんですか。油物の食器を洗う時は必要でしょう？

鳥居　中性洗剤はアレルギーなので使えないんです。石鹸で洗う時もありますが、石鹸も苦手で、顔や体を洗う時も石鹸は使いません。水かお湯で洗うだけです。80年近くそうして生きてきました。不潔だと軽蔑されていますが、家族はもうあきらめているようです。（笑）

常識と世俗の考え方への拒否感

志田　まぁ、そうなんですか。アレルギー体質を逆手に取って、あらゆる常識に歯向かっていらっしゃるように見えます。おそらく、あらゆる世の中で〝正常〟と思われているものに対する本能的な〝拒否感〟なのでしょうが、間違っていても、正しい〝反応〟のような気もします。（笑）

鳥居　ええ、志田さんには分かっていただけると思っていました。確かに間違っていることの方が多いと思いますが、常識というか〝世俗〟というか、あらゆる人が何の疑問も持たずに〝承認〟していることに対する〝拒否感〟がありますね。志田さんの〝矜持の精神〟に近い何かです。（笑）

志田　あ、また、意地悪な皮肉をおっしゃる。私なんか、自分が感じている〝常識とか世俗的な考え方〟からの圧迫に対して、ただオロオロするだけで何も出来ません。ただ、ひたすら自分が楽になれるように、下手な詩や文章を綴るだけです。私は違う、私はこう感じる、って。(笑)

鳥居　ぼくは志田さんの裸木叢書「人色多色」の帯文に「『ここに在って、魂は倦まない』と宣言する自立と矜持に満ちた、世俗と対極に位置する詩人が万感の思いを込めてつづる珠玉のエッセイ集」と銘打ったのは、間違いのない正札だったと思っています。まさに「私は違う」という宣言をすることが詩であり、文藝であると思うからです。嬉しいなぁ。(笑)

志田　あ、また、いじめに遭っている感じですが、鳥居さんは、本気で、一人一人違う人間のすべてを認め合い、それを寛容な精神で讃美したいと望まれているのでしょう。〝何でもあり〟は〝いい加減〟とは違う、と思わずにはいられません。ホッとします。(笑)

鳥居　親しかった作詞・作曲家のヒット曲に「人生いろいろ、男もいろいろ、女だっていろいろ咲き乱れるの」という歌詞がありますが、これなんか、僕の口癖を彼がそのまま歌詞にしたのだと思って、気に入っているんです。志田さんの「人色多色」という一冊も僕の座右銘です。(笑)

志田　光栄ですわ。また「裸木」に自分が思っていること、感じていることを思いっきり書いてみたい気がしてきました。まだ、書きたいことはいっぱいあるのです。それを読んでもらって、鳥居さん

が独特の意地悪な誉め言葉で、何とおっしゃるかのが楽しみです。（笑）

鳥居　ハッハハハハ、いじめられているのは僕の方という感じがしてきました。でも、こちらに来る日はそう遠くないと思いますので、その時は一緒にやりましょうね。志田さんは「時間」「日通文学」「新作家」「幻視者」「ルネッサンス日本」という数多くの同人誌に関わって来られた大先輩です。大いに鍛えてほしいと思っています。詩の分野では、ものすごい権威ある賞も受賞されていることを、佐藤安志さんから聞いています。何という賞なんですか？（笑）

志田　賞なんて、お恥ずかしい。そんなこと、どうでもいいことですから。鳥居さんから２００６年にいただいた「裸木大賞」だけは、ありがたくいただきましたが〝権威ある賞〟というのは困ります。何だか、恥ずかしいし、私が私でなくなってしまいそうな感じがするんです。（笑）

鳥居　アッ、これは、手厳しい。見事に一本取られました。怖いなぁ、だから志田さんには頭が上がりません。やはり、隙を見せると斬りこまれてしまいます。口惜しい、また、俗世間に戻って修行し直して見参します。ありがとうございました。（笑）

遠藤浩一

——endoh kohichi

正道保守と演劇の道に生きたかった!

遠藤浩一さんは第二次「裸木」第一号からの同人。月刊「改革者」の編集長として「諸君！」「正論」などの論客として活躍。情報工学センター代表、拓殖大学教授。劇団「人間アンテナ」の座付作者としても、俳優としても広く注目される存在だった。「裸木」では一時期、季刊で出していた小冊子「裸木通信」の編集にも携わり、同人に「喧嘩売ります」という論戦を仕掛けるなど、頼もしい若きエースだったのだが……。

〈**発表作品**〉「二人でエチュード」「アマデウス宣言」「NINAGAWA・マクベス」「喧嘩売ります」「群れと文学①境界喪失」「群れと文学②開かれた小説、閉ざされた小説」「群れと文学③あなたには『歌』がありますか」「落選確実」「戯曲・スピーチライター」「群れと文学④埋葬される現在、再生される過去」「群れと文学⑤反米・化米・異米・用米」「群れと文学⑥核とグルーチョ・マルクス（上）」

オラは死んじまっただ！

気がついたら死んでいた！

鳥居　何て挨拶をしたらいいのか。元気そうだねと言うのもなんだし、お久しぶりってとこかな。

遠藤　挨拶なんかどうでもいいじゃないですか。でも本当にしばらくでした。鳥居さんがこちらに来てくれるとは思わなかった。「裸木」に原稿書け！　ですか？（笑）

鳥居　ハッハッハ。僕は生前葬をやってもらった身だから、そっち側の人間なのよ。それに生も死もそう変わらないと思ってるし。オラは死んじまっただ！　というのを対談でやろう。まず、何で本当に死んじゃったんだい。まだ若いのに。

遠藤　今年の正月四日、大学の新年挨拶会に出席してすぐ体調が悪くなり、早々に失礼をしたんですが、そのまま家に帰って倒れちゃったわけです。こっちがどうして死んだのか驚いているぐらいです。

鳥居　サンケイホールで盛大な「お別れ会」があってねえ。弔辞を捧げる桜井よしこさんなんか泣いていたよ。最高の〝論壇の青年将校〟を失くしたって。

遠藤　そういう情報は、こちらには一切入ってこないんです。彼女と僕は〝同志〟のような部分があったからなあ。いや、有難いことです。

鳥居　大動脈解離だってねえ。うちの女房もそれで逝ったんだ。直前に背中が痛い、痛いと嘆いていたから、貴方にもそんな症状があったのだろうね。

遠藤　ああ、同じです。半年前にも同じ症状があって、少し寝たら治っちゃったことがあるんで、自分ではそれほど気にしていなかったんですが、耐えられないほど苦しくなって、気が付いたら死んでいたという感じなんです。（笑）

鳥居　まあ、いい死に方と言っていいんだろうけど、貴方の場合は若すぎる。あと二十年ぐらいは生きていてほしかった。いや、苦しんでほしかった。

遠藤　そう言ってもらえるのは、有難いことなんだろうけれど、いまとなっては、何を言ったところでどうにもならないことでしょう。まあ、精一杯、頑張って生きたとしか思うほかありません。

鳥居　そりゃ、そうなんだけど、それじゃ真面目過ぎて面白くないよ。貴方の持論だった「日本の核武装」が実現するまで生きていたかったとかさ。（笑）

遠藤　またぁ、知らない人が聞いたら本気にしますよ。でも、私もこちらに来てみて、生も死もそう変わらないもんなんだ、と考えるようになりました。

鳥居　ほう、それは大きな成長というものだ。そちらにも〝保守〟とか〝革新〟とかってものがあるのだったら、おかしいね？　貴方なら相変わらず大真面目をやっているのだと思っていたのに。（笑）

遠藤　からかわないでくださいよ。僕だって良い加減の方が好きなんだから。それをずいぶん鳥居さんには教わったなあ。僕は性格が悪いから大いに救われました。

鳥居　ほら、いい加減を〝良い加減〟と訂正している。その真面目さがいいんだ。折口信夫なんて、あの世でもこの世でもどっちでもいいような人だけど病的に正確を求めたがる〝性格〟だしね。（笑）

遠藤　いや、そんな立派なことじゃなくて、いつも鳥居さんには嘆いていたけど、僕は自分の性格が嫌いなんですよ。自分で言うのもおかしいけれど、非常に潔癖で真面目というのは、悪いことじゃないでしょ。でも、それが足枷になって、どうも他者との関係がギクシャクしてしまう。

鳥居　うむ、確かに粘着質はかなり強い。正義感というのかなあ。そして論理的におかしなことには徹底して反発する。おっしゃる通り潔癖で真面目なのさ。そのどこが悪いのよ。胸を張ってりゃいい。

遠藤　そうだけど、いや、そうしているんだけど、人には傲慢に見えるでしょ。それに目立ちたがり屋なものだから、一生懸命に頑張ってアピールしたがるでしょ。これも人に嫌われるんだなあ。

鳥居　そりゃ、世の中ってそんなものさ。でも、礼儀正しいし、控えるところは控えるというトレーニングが出来ていて、年長者には好感をもたれるんじゃないかなあ。若いのに立派なもんだよ。

遠藤　また、そう言っておだてるんだから。それに僕はいつも乗せられちゃう。そして、いい加減、良い加減というのを学ばせてもらったわけですよ。二十代までは、つまり鳥居さんに会うまでは〝硬

派の遠藤〟で通っていたのに。(笑)

真面目さへの劣等感

鳥居　おい、おい。それじゃ、まるっきり僕が〝いい加減〟になっちゃうじゃないか。真面目が一番さ。それがなかったら生きている価値がないと思うよ。本当だよ。むしろ貴方が持っている真面目さへの劣等感の方が問題なんじゃないか？　もう、死んじゃったんだからいいか？

遠藤　ハッハハハハ。でも、どういうことです？　真面目さへの劣等感って言うのは。確かに僕にとっては、それが重要な問題なんですよ。

鳥居　いい加減と言われるだろうけどね。「相棒」を見ていて教えられたことがあるんだ。(笑)

遠藤　僕もよく観ました。駄作が少ないですね。多くの人の知恵を集めて丹念に作っている。脚本がいい。三谷幸喜以来だ。和泉聖治の演出も良かったなあ。

鳥居　うん、ファンなんだ。でも、これは和泉演出じゃないんだけど、ある殺されたミステリー作家の作品の中の一節に「ものを書く才能の中で不可欠なものは劣等感だ」というの意味の言葉があって、何か〝欠落している部分〟が〝才能〟だと言うんだ。その言い方が面白くてねえ。

遠藤　あ、覚えています。誰かの作品を「その欠落している部分が欠落している」とかいう話。

鳥居　おお、それ、それ。何だ、あなたの方が良く覚えているじゃないか。つまり、劣等感がない人間は〝欠落人間〟なんだよ。自分を一から十まで完全無欠だと思っているような人は、ものを書けないということさ。膝を打ったねえ。

遠藤　なるほど。また鳥居さんに誤魔化されているんだろうけど、納得します。もっと劣等感を持てということですね。死んじゃっても勉強になります。

鳥居　ワッハハハハ。どうしても僕を〝いい加減人間〟にしときたいらしいね。でも多くの真面目な人は、その部分だけには劣等感を持たないんだ。それが絶対正しいと思っているのが困る。(笑)

遠藤　何かのパーティーで知らない人たちとテーブルを囲んでいたとき、いきなり鳥居さんが「この男は右翼の評論家です」と僕を紹介されたことがありました。ずいぶんアバウトな言い方だなあって感心したんだけど、鳥居さんだからいいんで、他の人なら怒っちゃいますよ。(笑)

鳥居　うん、覚えている。そのとき貴方は「右翼と呼ばれることにも慣れちゃいました」って、さらっと躱したことも覚えているよ。成長したなあって感心した。「売出し中の真面目な評論家です」と紹介したかったんだけど、テレくさくてね。つい、そういう言い方になっちゃう。

遠藤　新宿にあったスナック「郁」と同じで、文春一派と鳥居一派が半々のようなパーティーだった。まだ僕は駆け出しの時代だから小さくなっていましたけどね。

鳥居　そうかなあ、もう「諸君！」や「正論」に毎号のように書いて脚光を浴びていたように思ったけどなあ。「裸木」に書く暇もなくなっていたような気がする。それからはどんどん偉くなっちゃって、大学教授だ、何とか研究所の所長だ、新進気鋭の評論家だとスターになった。
遠藤　僕は不器用だし〝真面目〟なものだから、二つのことを同時にこなすなんて器用なことが出来ないんですよ。いつも「裸木」は後回しになっちゃって、ついつい書かないまま三年あまり。いや、もう書きたくても書けないのか。（笑）
鳥居　そんなになるかい？　早いねえ。月日の経つのは。年を取ると本当にびっくりするほど早く感じるんだ。もう、待ち遠しいなんてことは無くなっちゃったね。何でもあっという間に過ぎちゃう。

「正論　新風賞」の受賞

鳥居　最後に会ったのは、赤坂のプリンスホテルで行われた「正論賞」「新風賞」の授賞式のときだから、もう、四年ぐらい経っているんじゃないの？　あなたは「新風賞」の受賞者だから、会ってもろくに話も出来ないな、って思っていたんだけど、開会前、控室の前で少し話が出来てよかった。
遠藤　あの時は本当に失礼しました。でも、開会前に会えたからよかったですね。会場を一巡して参会者にお礼を言って回る時間を取ってもらっていたんだけれど、探しても分からなかった。

鳥居　大勢さんいたからね。僕は先に話したからいいやと思って、貴方から避けるようにしていた。貴方の舞台での挨拶を聞いた後、飲めるだけ飲んで帰ったよ。それでも盛大だったね。保守陣営のお偉いさんや論客がごろごろいてさ。幹事長になる前の石破さんなんかもいたな。

遠藤　こちらは自分がお招きした友人たちに挨拶するのが精一杯。気を遣ったので本当に疲れました。でも、みんな元気で少しも変わってないんで嬉しかったなあ。

鳥居　うん、ぼくは毎週一回、貴方が勤めていた政党に、外部からの助っ人のような形で新聞を作っていたわけだけど、あのころは楽しかった。

遠藤　一つの部屋で、入口に近い方が月刊の雑誌班、奥が週刊の新聞班でしたね。毎週水曜日の三時過ぎに鳥居さんが悠然とやってくるのが待ち遠しかったなあ。3～4ページをレイアウトして2～3時間で帰っちゃうんだけど、仕事が楽しくなるような感じにさせてもらえて、早く片付けて一杯やろうって気になるんです。だから後を追っかけて近くの焼き鳥屋でというのがよくあった。

鳥居　無茶苦茶に仕事をしていたからなあ。一杯やってからも徹夜で仕事というのが珍しくない毎日なんだ。そちらは真面目にやってたなあ。貴方は雑誌班の〝鬼編集長〟で部下はみんなピリピリして仕事をしているのが見ていて面白かった。

遠藤　僕らの言い方で言うと、硬軟に二分した月刊誌をやっていたわけだけど〝硬〟の方は僕で〝軟〟

の方は鳥居さんが全部、作ってくれていたんだから。それを知っている人は何人もいなかった。

鳥居　そうだったね。知らん顔でいたから、だいたいのスタッフは僕のことを新聞だけを作ってくれている〝助っ人〟だと思っていたらしいよ。

遠藤　だけど、鳥居さんは新聞班のいちばん偉い人が座る席で作業していたから、知らない人が見たら編集部の統括本部長だと思っちゃうんじゃないかなあ。

鳥居　倍尺一本あれば、どんな場所でもできる仕事だったからね。空いているのは国会議員様の席しかないから、そこでコチョコチョと仕事をして、はい、さようなら、でよかったんだ。気楽だったねえ。

遠藤　校正刷りで、穴があいていると、埋め草を入れなきゃならない。見ると鳥居さんがいるんで、何か書いて下さいと頼みに行くと、行数ぴったりに、すぐ書いてもらえるんで助かりましたよ。

鳥居　あ、そういうことがよくあったね。だいたい本の紹介だったな。本の表紙を入れて見出しを立てて二〇～三〇行。本の帯の惹句だけで書くとＯＫのサイン。すぐに原稿料を払ってくれるので、じゃあ、帰りに焼き鳥で一杯やろう。（笑）

遠藤　若かったからなあ。終電に乗り遅れたから始発まで飲み直そうなんてキリがなかった。最近はもう、続かなくなりましたけどね。鳥居さんはず～っとやってるんで、かなわねえ、と思った。

鳥居　馬鹿なんだよ。無茶苦茶なんだ。心臓の冠状動脈が詰まる心筋梗塞状態が続くのでニトロを持ち歩いていたんだけど、発作が来るとそれを飲んで救急車を公衆電話から呼ぶんだ。来たときにはケロリとしているんだけど、乗せられて病院まで運ばれる。いつも医者に怒られてねえ。
遠藤　こんなの酒と煙草で治してやる、って言うんだから怒られますよ。そういう言い方を分かる医者ならいいんですが、そんな医者、まずいませんよ。徹底的に人に付き合う医者なんていませんからね。病状だけで対処する優秀な医者はいても、人間を見る目なんかないんだから。
鳥居　でも、困った患者だったんだろうなあ、って思うと可哀想になってね。今度は肺気腫第三期なんだって。もう、どうしようもないよ。でも、酒と煙草をやめる気なんて、さらさらない。
遠藤　ん、もう、しょうがない人ですね。僕ならすぐに入院して、治らないまでも、進行しないように心掛けますけどね。こう言っても無駄ですね。（笑）

戯曲「二人でエチュード」

鳥居　いかん、いかん。僕の話なんかどうだっていいんだよ。遠藤浩一にスポットを当てなけりゃ、せっかく、こっちへ来た甲斐がないじゃないか。（笑）
遠藤　どうでもいいですよ。おらは死んじまっただ！　なんだから。（笑）
鳥居　どうでもよくないんだ。生きていたときの検証をする必要があると思うんだ。僕は遠ちゃんを、今をときめく政治評論家なんかじゃなくて、戯曲家だと思っているからね。貴方が「裸木」に最初に書いた戯曲「二人でエチュード」から行こう。

遠藤　あれを鳥居さんに絶賛されて、ついに上演までしちゃったのを思い出します。二人芝居だから、本当に難しかったけれど、割合、好評でした。

鳥居　芝居もまあまあだったけれど、戯曲として読む方が素晴らしかったね。貴方の常套的な手法というのかな、広く一般に知られている物語を軸にして、自分の思いを巻きつけ散らばし引き締めるというコラージュ的な作品というか……。

遠藤　ええ、ベースは「切られ与三」なんですが、大衆演劇と現代演劇という対立するものを新旧両方の世代の眼で捉えてみたかった。年老いた座長と若い役者との葛藤がテーマなんですが、僕はどうしても旧い座長に重点を置いちゃう。

鳥居　そうなんだよなあ。扇十郎だっけ、この老いた座長が一人で舞う「恋の唐傘」がクライマックスなんだけど、弟子の一之丞は対立しながらも、師には敵わないと思っているところがポイントだね。これは男の友情の戯曲なんだよ。

遠藤　そう見てもらえるのが一番ありがたいんです。僕としては現代演劇の肩を持ちたいんだけれど、どうしても長年かけて体得したものの貴重さを無視できないんです。そういう意味では謙虚なんだけれども、自分の世代にはないものの方に惹かれます。こんなところが〝保守〟と言われるのかな。
鳥居　手探りでも模索している本当の演劇のために、古いものは何でも叩き潰していくという姿勢が欲しいという人もいるだろうけど、なかなか、遠ちゃんも一筋縄じゃいかないんだよ。だって最後に座長を殺しちゃうんだからね。
遠藤　エヘヘ、まあね。でも、血を吐く思いで一之丞にと叫ばさなくてはいられないんです。
鳥居　うむ、そこがいいんだ。「……」柝と同時に照明消える。一之丞（声だけ）座長オーッ」だから泣けるよ。
遠藤　そう褒めてもらって、その気になって、以後、ずいぶん戯曲を書いてきましたが、あの世界は難しいんです。
鳥居　そうだろうなあ。僕なんかも若い頃、劇団四季に関わって演劇活動したんだけれど、大変だね。
遠藤　それは初耳ですね。劇団四季と言えば、もうメジャーの存在じゃないですか。浅利慶太の力が大きかったんだろうけれど、僕たちのような群小演劇集団とはわけが違う。文学座や俳優座、民芸などに次ぐ、いわゆる新劇の星だった。
鳥居　いや、当時は恵比寿に本部があって群小に毛が生えた程度の劇団だった。それでも、アヌイやジロドウなんかの芝居で、ちょっとは群を抜いていたかな。僕は学生時代の友人が研究生として入ったので、応援団みたいなもんでさ。

遠藤　へえ、そうなんだ。だからやたら演劇の世界に詳しかったんだ。直接「四季」の演出とか企画、脚本なんかにも携わったことがあるんですか。

鳥居　いや、いや。切符売りを手伝った程度さ。藤野節子や影万里江のファンでね。よく観に行ってやったけど、日生劇場が出来たあたりから様子が変わった。

遠藤　あ、浅利や石原が重役として乗り込んで行った頃ですね。僕なんかまだ小学生の頃ですよ。

鳥居　そうか、そんなに年が違うのかなあ。そんな気が少しもしないんだけどなあ。その後、浅利がソシエテール制度と言うのか、一種のリストラみたいなことがあってね。四季が少数精鋭主義を採ったんだ。僕の友達も整理されて「仮面座」という小劇団を立ち上げたりしてね。

遠藤　半世紀も前の話ですものね。僕らが「人間アンテナ」という劇団を作った時は、もう「四季」はメジャー劇団になっていましたよ。ある意味では、そういうメジャーに対するアンチの立場でやっていたわけだけど、本音のところでは、自分たちもそうなりたいという人ばかりで、演劇の本質的な意味を問うというところでは、刺激のない集団になっちゃう。現実と言うものに勝てないんだなあ。

鳥居　でも、やっている人たちが充実していればいいんじゃないの？　貴方は真面目だから不満もあろうけど、好きで、一生懸命アルバイトしながら熱中している人たちは、見ていて気持ちがいい。

遠藤　そうだけど、劇団と言うのは一つの組織だし、結局はいろいろな人間の欲望が渦巻く世界で、それに疲れちゃう。まあ、それが面白いということもいえるんだけど、あまりにもレベルの低い卑俗な現実というのは嫌になります。

鳥居　その気持ちはよく分かるなあ。だから東京を逃げ出して、鎌倉に行き、ついには小田原近くの二宮まで逃れた。だんだん遠くなって行くんだ。

遠藤　どこへ逃げても結局は同じなんですけどね。でも、真剣に何かを考えたり、書こうとすると、どうしても世間との日常をシャットアウトしないとダメなんです。飼っていた犬の慎之助だけ居れば、寂しくなんかないという気持ちになる。

鳥居　本当に几帳面で真面目だからなあ。低俗な奴らを見ると、露骨に不機嫌な顔をして怒ってたもんなあ。よく、僕のようなヘラヘラしている人間を許容していてくれていたと思うよ。何でもありなんて、勘弁できないと思ったろうに。（笑）

遠藤　鳥居さんはいいんですよ。だって本当は僕より真面目だってことが、触れ合ってみれば、すぐに分かるもの。許容量の問題だと思う。でも、少しも怒らない人だと思っていたら、僕より過激で短気なところもあるから驚く。（笑）

鳥居　瞬間湯沸器って言われているんだ。情緒未発達のまま大人になった男の破滅的な言動を、この年になってもやってるんだから、やになっちゃう。馬鹿なんだよ。恥ずかしいよ。ああ！

遠藤　その〝ああ！〟というのも、鳥居さんのトレードマークですね。これは人を妙に安心させる効果がある。

鳥居　愚痴が嫌いと言う人もいるけど、本音なんだ。自分を嘆いてみせると、人は安心するというか、優位に立てるような気がするんじゃないだろうか。あれ、芝居の話が何処かへ行っちゃった。

「読む戯曲」と「観る戯曲」

遠藤　鳥居さんには、僕の書いた芝居は全部観てもらっているけど、どれがいちばんよかったですか。いま考えると、どれも恥ずかしいんだけれど…。

鳥居　そうだなあ、ずいぶんたくさん見せてもらったけど、最初の「ラストシーン」だっけ？　あまり出来は良くなかったけれど、ホモの世界の哀歓のようなものを描いた芝居が非常に印象深く残っているんだ。正常と呼ばれるものへのアンチテーゼと言うか、純粋な意味での常識への挑戦と言うか。

遠藤　うれしいなあ。観客にアンケート用紙を配って、感想を書いてもらうわけですが、鳥居さんが書いてくれたものをいまでも覚えています。「花田清輝流に言えば、同性愛を否定的媒介にして同性愛を超える」と言う一節。ショックだった。

出版記念パーティでの遠藤浩一さん（写真中央）

鳥居　へえ、そんなことを書いていたのか、忘れちゃったよ。ハハハ。オレも真面目だったからねえ。それから「無法松の一生」をベースにした「硝子の中でデュエット」だっけ？　このミステリーも傑作だったし「アイドル集大成」そして「アンティゴネ」も見応えがあった。

遠藤　観てもらった後、必ず長い励ましの手紙をもらえるんで、それが有難かったなあ。そんな人、いないんですよ。観ても観たっきり。よくて「今度の芝居、面白かった」というごあいさつ程度の人が圧倒的で、とにかく公演が終わると、もう、これっきりにしたいと思ったものです。

鳥居　そんなものかね。こちらは刺激を受

ければ、必ず反応しなくちゃならない性分だから、一生懸命手紙を書く。一度、仕事が忙しくてなかなか書けなかったら「今度のは、つまらなかったですか」と貴方に催促されたことがあったなあ。

遠藤　ええ「アイドル集大成」の時です。いつも一週間以内に届くのに、二週間たっても来ないので、気になって、気になって催促してしまいました。あれは失敗作だったから余計気になってしまって…。

鳥居　あれはねえ。気負い過ぎているって感じがしたなあ。ニーチェからフーコーまでの哲学的な難しい問題を、一生懸命ドタバタ劇に仕立てて、面白く見せようと必死になればなるほど、逆効果になってしまうような作品だったね。あれも戯曲で読む方が面白いものになったんじゃないかな。

遠藤　催促した手紙にも、そういうことが書いてありました。そして三島由紀夫と福田恒存を引っ張り出して〝読む戯曲〟と〝観る戯曲〟のことに触れてあったんです。僕はそれをライフワークの評論にしようと思ったのも、鳥居さんの手紙がきっかけというか、大いなる示唆でした。

鳥居　その問題は、以後も酒を飲みながらよく話し合ったね。「用心棒」で女性の酔っ払いに絡まれて困っていた時もそうだった。貴方が「鳥居さん出ましょう」って連れ出してくれて「点」というバーに移ってからも、まだ侃々諤々やってたんだから、仕事より演劇が二人の接点だったね。

遠藤　それから「アンティゴネ」の時、僕が肝炎で倒れてしまって、お世話をかけました。あの時は宣伝パンフレットにも書いてもらって、客を動員してもらったばかりでなく、話によると五回以上、見に来て下さったんだって、劇団員が感激していました。この「アンティゴネ」に対する鳥居さんの批評は意外に厳しかったけど。

鳥居 うん、五回以上観てるんじゃないかな。初日以外は無料にしてもらっていたからね。東真史さんを連れ出して、缶ビールを飲みながらモツ焼き喰って観てた。あまり観すぎたせいもあるよ。

遠藤 そりゃ畏れ多いなあ。僕の芝居を文春の人が観てくれたのは初めてです。

鳥居 彼が編集委員になって、暇な時期だったんじゃないかな。新規に参入した「文春新書」の初代編集長になって大車輪の活躍をする前だったような気がする。何しろ毎日一緒に飲んでいたからね。

遠藤 とにかくお世話になりました。お二人にはいろいろアドバイスをいただけたし、評論分野への道が開けたのは、そのおかげだと思っています。

鳥居 いや、僕は何もやっちゃいない。それは貴方の実力というものさ。長く積み重ねた〝中道〟の精神を「右と左との中間ではなく、本来あるべき姿」とする貴方の認識にも少し共鳴しただけさ。

遠藤 右も左も現実の欲望や損得で激しく揺れますからね。それと一緒に中道が右と左に揺れたら何の意味もないでしょ。揺れないで貫いていると、ときには右の人より右だったり、左の人より左だったりすることがあっても不思議ではありません。

重いテーマと商業劇と

鳥居　まあ、政治の話はここではいいわ。芝居の話をしようよ。「アンティゴネ」は〝国の掟〟と〝神の掟〟との問題で、クレオンの国の掟と神の掟に従うアンティゴネの対立を劇化したものと言えるんだろうけど、やはり非常に重いテーマだから、力が入っちゃったんだろうね。真面目過ぎるという印象が強かったなあ。

遠藤　そこがですよね。いろいろ考えてリアリティーより幻想的な舞台にしたかったんですけどね。

鳥居　そう、いろいろ工夫はしているんだ。「あるいは彼の海」なんて副題をつけたりしてさ。その努力は分かるんだけど、やはり〝読む戯曲〟の方になる。

遠藤　いまとなっては分かるんですが、当時は精一杯でした。舞台化するにはきっと宝塚のような絢爛たるミュージカルに仕立てないとダメなんだなあ。

鳥居　そう、そう。そうしないとアピールできないところが芝居の難しいところだね。その意味で、作者である貴方が出演していた初日の舞台と、貴方が倒れて入院してしまった後の舞台とでは雰囲気が変わってね。貴方は出ない方が良かった。

遠藤　ギャッ、厳しいなあ。演出家との問題もありましてね。僕が出ない方が伸び伸びとした舞台になったんでしょうよ。それはよく分かりますね。

鳥居　以後、貴方は真面目を振り捨てて、大衆演劇というかエンターテイメントの方向へ踏み出していく。歌や踊りを縦横に組み込んで〝見せる芝居〟へ意欲を燃やすという感じだった。その締めくくりが大阪・千日前の近鉄小劇場で、作・演出した「浅葱夢見し」だろうね。

遠藤　そう、これはお金を稼がなければならない本格的な商業演劇でしたから、力が入るなんてものじゃなくて必死になりましたね。やはり小さな劇団で、仲間内の傷をなめ合うような舞台じゃなくて、金をかけて不特定多数の観客に見せるものですから、力を出し切らなければなりません。

鳥居　新国劇の残党と言ったら怒られるかもしれないけれど、その人たちと組んで一生懸命やっていたよ。あれは一つの完成品だった。嬉しかった。

演劇との決別から評論へ

遠藤　あの時も鳥居さんにはお世話になったなあ。最初の企画段階から最後の舞台まで励まされたり、褒めちぎってもらえたりで、挫折しそうになる僕を支えてくれた最大の功労者だと思っているんです。何しろ新幹線で何度も往復して大阪まで来てくださったんだから頭が下がります。

鳥居　なあに、僕は何にもやっていない。ちょうど仕事の取材で大阪まで来たのだから立ち寄ってエールを送ることぐらい「裸木」の同人として当然のことだよ。

遠藤　でも、日に二度も往復というのは、誰でも出来ることじゃない。本当に涙が出ましたね。

鳥居　ああ、あれね。あれは僕が天才的にスケジュール調整が下手だったからで、東京駅まで編集者に来てもらって打ち合わせをして、もう一度大阪行きに飛び乗っただけさ。最近のように通信機器も発達していない時期だったし、往復車中で眠りたかったしね。

遠藤　何と言われてもありがたいことです。最後のカーテンコールの時、客席を見たら姿が見えないので帰ったのかと思ったら、出口で大きく手を振ってくれているのが見えたので気付きました。新幹線の最終に乗ったんでしょう？

鳥居　あなたと会うと、いつもこの話になる。もういいよ。それより芝居の中身だよ。森鴎外の「高瀬舟」を軸に、涙と笑いのいい芝居になっていた。あまり褒めたくないんだけど、大阪で〝商売〟になる仕事をしたんだよ。よくやった、高く評価しなければならないんだけど、これが最後だったね。

遠藤　いろいろありましてね。小劇団とは違うメジャーの舞台の裏表も知って、もう芝居は断念しようと思ったんです。ちょうど政界再編の時期ともぶつかって、演劇どころじゃなかったということもありますが、所属していた政党が消えていくと同時に、大きくなった政党の中で、どうアイデンティティーを持って進んで行くかで大いに悩みました。でも、鳥居さんは堕落と言うんでしょう。（笑）

鳥居　そんなことはない。あの頃の大変さは僕もよく知っているから。独立して情報工学センターを旗揚げした時も、遠慮なしに甘えていたんじゃないかな。「裸木通信」を二年近くやってもらっていたしね。

遠藤　ああ、懐かしいな。本当に日々の生活の次元で苦労をしたのも、あの頃ですが、やりたいことをやらないのは、生きている意味がないと思って頑張りました。

鳥居　そこんとこを乗り越えて、貴方が節を曲げずに〝保守〟と呼ばれる評論を書き続けて行ったからこそ、脚光を浴びるようになって行ったんだよ。僕に言わせれば〝保守〟じゃないし〝革新〟でもないんだけどね。人はそう言うのさ。

遠藤　そこなんですよ。みんなに色分けされて、政治的な意味合いの保守とか革新とかにされちゃう。

鳥居　そりゃ、充分に過激な部分が残っているし、誤解されるような言辞もないわけじゃない。でも、読めばすぐに分かるじゃないか。遠藤浩一は〝詩〟を書いているんだって。これは安倍公房が花田清輝のことを言った言葉なんだけど、「詩のように評論を書いたわけではなく、むしろ評論のように詩を書いた」と言うべきなんだ。

教える、教わるの問題

遠藤　ありがたいなあ。そう言ってもらえれば、僕は何も言うことはありません。忙しくなって「裸木」にも書けなくなっても、三カ月に一度ぐらいは手紙で励ましてもらったし、年に二、三度は会って飲みながら檄を飛ばしてもらえました。お花のお稽古でも、一緒にいてもらえて嬉しかった。
鳥居 おお！ いけばなのお稽古もあったね。貴方が一生懸命いけるのを見て、微笑ましかったなあ。花材を丁寧に持ち帰って家に帰ってもいける真面目さを、僕は高く評価したね。僕なんかいけっぱなしで、誰かにあげてくださいだからね。
遠藤 そりゃ、鳥居さんのように華道歴四十年というベテランならそれでいいですよ。
鳥居 二十歳以上年下の先生にも「先生、先生」と言って礼を尽くしている姿も感動的だったなあ。僕なんかは佳与ちゃんと呼んでいるのに、そう呼ばない。
遠藤 お言葉ですが、教えてもらう人には「先生」と呼ぶのは当然です。礼儀の問題じゃない。
鳥居 ハハハハハ、怒ってる。そこが貴方のいいところなんだと思うよ。でも、僕は華道をやっているつもりはないし、教えてもらうという意識は希薄なんだ。むしろ仲間意識の方が強い。だけど彼女の感覚と言うか、センスと言うか抜群のものがあるだろう？ これを盗むって感じかな。
遠藤 それはわかるけど、基本とか技術的な問題は、教えてもらうところから始まるわけでしょう。
鳥居 そこが僕と貴方と違うところなんだ。僕は何か創造的な作業をする場合、人が人に〝教える〟ということは出来ないと思っている。いや、もっと言えば人から教わっちゃいけないとさえ思う。学校教育を見りゃ分かるじゃない。国語なんかひどすぎて、腹が立つじゃないか。

遠藤　だけど、鳥居さんは学校の通信簿の成績が良かったそうじゃないですか。優、良、可、不可と言う四段階方式の時代だったんでしょう。やはり教わることは重要なことだったでしょう。

鳥居　それは小学校、中学校の頃のことだよ。小学校では全優、中学校は五段階評価に変わっていて、みんな「よくできる」さ。いやったらしい優等生だった。

遠藤　親も先生も喜んだでしょう。それはそれで立派なことですよ。鳥居さんは優等生だったんだ。

鳥居　高校生の時、その反動が来てがくんと成績が落ちて、いっさい勉強とか、人から教えられるということを拒否した。さっきの真面目さへの劣等感と同じで、優等生でいることに激しい拒否感があったね。恥ずかしくて、恥ずかしくて。

いい加減の何でもあり

遠藤　その気持ち分かるんだけど、素直じゃないんですね。何をもって「優」と言うのかということでしょう？　何を基準に、誰が人間の優劣を決めるのか、評価の問題というのは難しいけれど、そこはもっと素直に受け入れた方がいいと思う。

鳥居　いや、ここだけは譲れない。個人個人みんないいものを持っているのに、くるくる変化する世間の尺度で評価するのは間違っていると思う。僕にとっては自分以外は、貴方の言う〝先生〟なんだ。

遠藤　頑固なんだなあ。こうなると僕の方がいい加減で、許容量があるということになりますね。はは あ、鳥居さんの何でもあり、という考え方の底にあるものが分かってきたような気がします。

鳥居　む、これは形勢が悪くなってきたな。でもね、これは通信簿の問題なんだ。五段階評価で「ふつう」と言うのがあるでしょ。「ふつう」とは何だ、「ふつう」とは。無礼者！　ってわけ。

遠藤　ハハハハ、怒ってる。「よくできる」「できる」「ふつう」「ややおとる」「おとる」でしたっけ。本当に可笑しくて笑えますね。でも、いいじゃないですか。「おとる」なら怒ってもいいけど。

鳥居　オレは「普通」じゃないのか！　って怒りたくなるじゃないか。僕は「普通」でいたいのに「ふつう」が一つもないなんて侮辱だよ。(笑)

遠藤　まだ怒っている。(笑) 過激なんだなあ。普通なら、こんなところで怒らないですよ。分かった。分かりましたよ。あれ、僕の方が大人になってる。(笑)

鳥居　完全に貴方にやられちゃってるね。参ったよ。でもこんなことは、どうでもいいんだ。何でもありだ。いい加減で何でもありというのは、本当はまったくいけないことなんだけれどね。しかし「こうであり、こうするべきだ」とか「こうしなければならぬ」ということよりはいい。

人に惚れれば、すべて良し

遠藤　そうですよ。鳥居さんの言いたいことは分かっている。人に惚れろということでしょ。惚れればすべて良しと言うのが鳥居さんで、それは僕も同じなんですよ。お説の通り何でもありです。

鳥居　いや参った。遠ちゃんに完璧に抑え込まれた。僕みたいに生前葬なんて嘘の死に方じゃなく、本当に死んじゃったんだから貴方は強いよ。

遠藤　へへへ、死んじゃってから褒められたって、しょうがないですよ。でも、まだ喧嘩をしたいんです。

鳥居　いいぞ！　喧嘩をしなくっちゃ進歩はない。貴方が「裸木」に書いてくれた「喧嘩売ります」と言う同人たちへのメッセージ。あれは嬉しかった。

遠藤　そう言ってくれるのは鳥居さんだけですよ。みんな怒って相手にもしてくれないんだもの。無視と言うのはいちばん困ります。そうですよね。

鳥居　あれは何号かにわたって続いた〝リレー小説〟の書く姿勢に対する批判だったんだよ。僕は当然反論が出ると思っていたんだが出なかった。売った喧嘩は買って欲しいって書いてあるのに。

遠藤　それにいちばん傷つきましたね。何だかシカトされているみたいな気になったんですが、本当は読んでもらえなかったのかもしれませんね。

鳥居　だから僕は「同人誌って何だ！」に書いたんだ。「喧嘩をして血を流し合い、より〝仲良しさん〟

になるのが同人じゃないか」って。でも、これも読んでもらえなかったらしいよ。（笑）

遠藤　みんな自分の書いたものしか関心がないのかな。それじゃ意味がありませんよね。同人になった意味がない。そこが僕には理解できないなあ。

鳥居　あ、遠ちゃん、怒ってる。やっぱり貴方は怒ってる方が似合うよ。さっきみたいに大人になるのは、似合わないよ。やはり怒っている方がいいよ。

遠藤　死んだって、魂は生きている、って奴ですか。折口信夫ですね。（笑）

鳥居　最近では医者や科学者もそう言っているよ。だって科学の方が遅れているんだもの。誰でも生きていると思ったら生きているのさ。

遠藤　生きていた時、大学のゼミで学生たちに演劇のテーマを与えて、新しく何か始めようと思っていたんです。それが出来なかったから、こちらの世界でやりますか。何だか楽しみになって来たな。また、来てください。待っています。

鳥居　では、この辺で、ひとまず終わりましょう。（笑）

藤田 稔

——fujita minoru

オレは〝組合ゴロ〟の〝秩父の山猿〟だ！

藤田稔さんは第二次「裸木」第十一号からの同人。高校時代の一年先輩だが、生まれが私と六か月しか違わないため、ほとんど同級生のような感じで交流した人だった。学生時代は60年安保の反体制運動に身を投じる〝過激派〟だったが、卒業後は総評・同盟時代の組合専従者として、どちらかと言えば〝穏健派〟の、しかし、気骨のある生涯を貫いた。

終生、携帯電話やパソコンなどの〝文明の利器〟とは無縁の人だった。また、通常では〝無口の人〟だが、書くことが大好きで、古代史、近代史を語らせると止まらない〝饒舌派〟の一面もある。「裸木通信」に連載した「性事考」や「古代史研究」などの壮大な作品群が未完のままである。

〈発表作品〉「私の古代史」「枯野のうた」「山鳴り〈小説・秩父事件〉」「フーコ」「影法師」「赤い信女」「雪明り」「風が抜けて」「静かなる波」「グッドな関係」「最近の雑念」

おらは、まだ生きてるつもりだ！

無愛想で優しい秩父人

鳥居　藤田さん、ひどいじゃないですか。何の挨拶もなく、いきなり逝ってしまうなんて。

藤田　悪りい、悪りい。鳥居には何とか連絡したかったんだけど、こうなっちゃった。まるまる三年間、車椅子生活の廃人同様の日々だったからね。

鳥居　まったく藤田さんは、説明とか弁解とかをしない人で〝一言居士〟だったからなあ。何事もそれで押し切るものだから、よく人に〝無礼な奴〟と思われてしまうというか、誤解される人でした。

藤田　ハハハ。「ぶっきらぼうで何の愛想もない奴だ」とよく言われたよ。これはまったく生まれつきで、死んでも治らない。

鳥居　加藤保久さんに言わせると「藤田さんは典型的な〝秩父人〟だ」と言うんだけど、そういう自覚はありますか。彼が言っていることは、口は悪いけど、優しい人だという褒め言葉なんだと思うけどね。

藤田　秩父人だっていろいろいるさ。ちゃらちゃら口がうまくて優しくない奴だっていっぱいいる。でも秩父人というのは、話し方が乱暴な感じがする人が多いことは確かだという気もする。飾らないで率直な喋り方をするからじゃないかなあ。正直者なんじゃないか。その中でもオレは飾った喋り方が出来ない大正直者なんだ。

鳥居　うん、そうですね。それが分かっている人はいいんだけれど、聞いていてハラハラするぐらいだったなあ。女性の同人がお菓子を持って来て「藤田さん、一ついかが」と差し出しても「オラ、食わねえ」の一言だけだものねえ。普通「ありがとう、オレ、甘いものはどうも」ぐらい言うものだけど、それが言えない人だ。（笑）

藤田　それが言えたら、オレの人生は変わってたかもしれねえな。でも、これでいいんだと思っている。生きているうちの人間関係って、ぐじゃぐじゃ余計なことが多すぎるという感じがするんだ。もっと率直にパッ、パッと行かんもんかね。人との会話なんか、東北の人たちのように「どさ?」「ゆさ」というような調子で済むんじゃないか、という気がする。「今晩は。どちらにいらっしゃるのですか?」「やあ、ひとつ風呂浴びに露天温泉へ行くところです」という意味なんだよ。知ってる?

鳥居　僕は昔「朝日ソノラマ」というソノシート入りの〝音の出る雑誌〟の編集部にいたことがあって、そこで「東北弁というけれど」という企画で取材したことがあるから、それは知っている。東北弁が簡潔でもっとも発達した会話形態だということに無理やり結論付けて割合好評だった。でも、この会話には情緒がないよ。

藤田　そんなところに情緒なんかいるもんか。それに情緒って奴は言葉じゃ表せないもので、喋り方とか目付きとか表情・態度など全体の風情から生まれるものじゃねえか。むしろ無言の方が良くて、黙ってすれ違うだけで分かり合うのが最高の会話だ。全て〝言葉にすれば嘘に染まる〟からな。

付けた仇名は〝薀蓄斎〟

鳥居　ほう、藤田さん、死んじゃったら、よく喋るようになりましたね。そしていいこと言うじゃない。僕もそう思うけど、藤田さんはふと風向きが変わったり、お得意の考古学や歴史に関しての話になると、一転、雄弁になるんだ。（笑）

藤田　そうだな。日常的な事は、どうでもいいことだと思っていたからね。いまの時代じゃ、こんな事を言うと怒られるけれど、そんなことは女、子どもに任しときゃいいって、本気で思っていたからな。

鳥居　だから考古学や歴史に関することなら薀蓄を傾けて語るってわけですか。相手が誰だって熱心に喋っているところを何回も見たなあ。館山かどこかに旅行した時、列車の中で向かい合って座って藤田さんの話を聞いていた女性の同人がコックリ、コックリ居眠りを始めても、お構いなしに喋っていたのを印象的に覚えている。

藤田　ハッハハハ、誰もオレの話を聞いちゃくれなかったかもしれねえなあ。「オレ、食わねえ」「オレ、知らねえ」なんて木で鼻をくくったようなことしか喋らねえオレが、いきなり誰も言っていないような、自説だけの考古学や歴史の話をしたって、聞くわけないよなあ。みんなで笑って馬鹿にしていたんだろう。(笑)

鳥居　うん、申し訳ないけど、そうだったなあ。だけど中には藤田さんを考古学・歴史の専門家だと思っていた人もいたよ。だから僕はその分野に話が及ぶと、面倒くさいから、みんなに「藤田さんに聞いてみたら」って勧めたりした。(笑)

藤田　あんたはそういう奴だ。ふん、ふん、それで？　なんてけしかけておいて真剣に聞いてくれたことがない。こいつ、オレを馬鹿にしてやがると腹が立つんだけど、何だか乗せられちゃって、さらに、いい加減なことを喋りまくることになる。

鳥居　いや、いや、そんなことは無い。どっかで聞いたような話より、藤田流の独断と偏見が僕には面白かった。邪馬台国の話なんか、専門の学者が書いたり話したりするものより面白くて熱心に聞いたものです。僕のイメージとは違うんだけどね。

藤田　あんたは「邪馬台国は阿波だった」という説だ。一部ではかなり支持されている説だし「古事記」を素直に読めば「阿波説」にも一理あるんだけど、オレに言わせりゃバカバカしいんだ。だいたい「古事記」そのものが問題だしね。自慢じゃねえが、オレは邪馬台国に関する資料は一つ残らず読んでいるからな。もっと文献を読んで勉強してもらわないと困る。オレの独断と偏見には、そういうベースがあるんだ。

鳥居　いや、ごもっとも。藤田さんは文献派だからなあ。でもね、僕は九州か畿内か、なんて専門的な研究には興味ないいんだよ。藤田さんの言うバカバカしい阿波説の方がイメージとして好みなだけでねえ。アカデミズムというか、学問のやり方というのは、まどろっこしくてしょうがない。さっきの東北弁の話じゃないけど「どさ」「ゆさ」という具合にはいかないのかね。

藤田　そうはいかない。面倒でも文献を徹底的に消化してから、直観力が生きてくるんだ。簡単に独断と偏見と簡単に言ってもらっちゃ困る。でも、学者たちは文献から一歩も出ない連中が多いんだよ。だからオレは蘊蓄を傾けて新説を語るんだけど、誰も聞いてくれないで馬鹿にされていたわけさ。不幸な一生だった。(笑)

鳥居　ハッハハハ。そこで藤田さんに付けられた仇名が〝蘊蓄斎〟。知ってた？　漢字で見ると偉そうなんだけど、発音するとどうも具合が悪いものだから、藤田さんの前では呼ばなかったけどね。

藤田　何、なに？　〝ウンチくさい〟？　何だか匂うな、臭いな。ちっとも知らなかった。まったく失礼な同人たちだ！　化けて出てやりたい！　(笑)

自殺説が出た一六会

鳥居　話が変な方向に行っちゃったなあ。とにかく藤田さんが何故、何の釈明もなく、三号も「裸木」に原稿を書かないまま、一六会にも裸木祭にも欠席のまま逝っちゃったかを究明したいんだけど。

藤田　さっき言った通りで、そのほかに何もない。情けない話なんだけど、音信不通のままなるようになっちゃったわけさ。

鳥居　年賀状だけは来るんだけど、何の説明もないし、筆跡が違うので、ああ、字も書けない状況なんだなというのは分かるんだけど、みんな心配していました。どうしてどうなったのか説明してください。

藤田　申し訳ない。三年前、一六会を「用心棒」でやって、酔っ払って地下鉄で帰ろうとしたんだけど、新宿御苑前の駅の階段を踏み外して、また転落しちゃったんだ。手足もやられちゃって生きた屍だよ。

鳥居　またですか。その一か月前も同じじゃないですか。救急車で春山外科に運ばれたって威張っていましたよ。

藤田　うん、情けないったらありゃしねえ。年を取ったせいだろうけど、頭も打ってね。自慢じゃないけど、悪い頭が余計おかしくなっちゃった。格好悪いし、家族の目も厳しくなってね。外出もままならず、ついに足も萎えてしまったわけだ。（笑）

鳥居　以後、連絡なしですからね。二、三カ月は気にしなかったんですが、あまりに長く一六会に姿を見せないし、作品の提稿もないんで、何度も葉書で催促したんだけど、まったく梨の礫だった。

藤田　電話という便利なものがあるのに、あんたは電話をくれない人だからなあ。いつも葉書で連絡してくるから、嫌いな説明をしたくても話もできやしない。

鳥居　僕は電話というのが嫌いでね。もらうのはいいんだけど、こちらが掛けるとき、いつも躊躇しちゃうんだ。電話だと相手の状況が分からないからね。切羽詰まっている時はしょうがないけど、葉書や手紙やメールの方が気が楽だね。

藤田　その気持ちは分かるけど、時間がかかってしょうがないし、ナマの肉声を聞くという利点が電話にはある。オレは鳥居の声が聴きたかったね。それなのに、いつも葉書だ。細かい字でビッシリ書いてくる。どうしたんだ！　締切だ！　一六会だ！　裸木祭だ！　って、よくあんなに書けるな。電話なら三分で済むのに。

鳥居　書いたら出しに行かなきゃならないし、五十二円もかかる。馬鹿だねって言いたいんでしょう。でも、相手が電車に乗っているんじゃないか、恋人といい場面なんじゃないかと思うと、とても電話なんかできなくなっちゃうんだなあ。

藤田　気の遣いすぎなんだよ。あんたはそれが欠点だね。その上、気を遣っているということを相手に知られたくないものだから、それを隠すために、いろいろ細工をするんだ。すると、かえって分かりにくくなる。オレより誤解されるのは鳥居の方かもしれない。もっと図太くなった方がいい。

鳥居　うむ、確かにご指摘の通りだけどさ。僕には藤田さんが連絡もないまま、死んじゃったことに、一つ確信的なイメージがあるんだ。不謹慎な発言かもしれないけれど、自殺説なんですよ。

藤田　いかにも鳥居的だな。オレが何度か喋ったオフクロの話が引っ掛かっているんだろう。確かにオレの母親は自殺というか〝自死〟とでも呼びたい死に方だったからね。もう、ダメなんだと悟ると、食べることを拒否して死んで行ったんだから。

鳥居　それ、それですよ。最初聞いた時、こりゃ、すごい話だと思ったなあ。この母親にしてこの子ありだ、と、いっぺんに藤田稔という男を理解できたって感じかな。だから自殺説をイメージした。自らが望んだ餓死説といってもいいけど。

藤田　少しも不謹慎でも失礼でもないよ。むしろそう思ってもらった方が嬉しい。でも現実は違うんだ。食ったんだ。「オラ、食わねえ」と言って拒否していた甘いものもやたらに食って、若いうちからの糖尿病を悪化させたし胃もやられちゃってね。逆に〝過食死〟と言ってもいいんじゃねえかな。動けないのに食ってばかりだから太っちゃってさ。恥しくって会えないよ。(笑)

鳥居　げっ、格好悪いなあ。そりゃ、藤田さんらしくないよ。一六会で自殺説をみんなと語り合って、

人間、こうでなきゃいけない、と讃美していたのに、裏切られたような心境だよ。幻滅したなあ。（笑）
藤田　期待に添えなくて申し訳ない。と言いたいところだけど、そういう鳥居のロマンティズムと言うか、屈折した思い込みのようなものは、オレにはよく分かる。お前さんはそういう奴だ。まともな人なら怒っちゃう連中が多いだろう。（笑）
鳥居　いや実際、どういう料簡だと怒る人もいたね。マジで怒る人の〝良さ〟も僕は好ましいと思うけど、僕のイメージ通りに死んでほしかったな。そうかもしれない、と言ってくれたのは加藤保久ただ一人だったもの。彼も藤田さんのお母さんの話を知っていたし、半端でない藤田さんの生き方の理解者だったかもしれない。
藤田　そうか、そうか。鳥居も加藤も〝秩父人〟と違う人種だな。お前さんは京都生まれの関西人だし、彼は秩父では珍しいキリスト教の家に育ったからな。二人とも妙な奴だけど、まあ、許せるな。これは宗教の問題に関わって来るか。
鳥居　そんなことは無い。キリスト教は自殺を禁じているし、僕は父が禅の曹洞宗の家系で、母は同じ禅でも臨済宗のお寺に嫁いだ姉がいて、親戚は坊主だらけ。でも、僕は無信仰な人間で、どこへ行っても異邦人的存在なんだもの。
藤田　そうか、そうだな。いずれにしても、オレは期待を裏切った死に方をしちゃって、二重に申し

訳ないという感じだな。これじゃ成仏できそうにもない。今度一六会に迷って出てやるか。(笑)

鳥居　迷って出るというのは、いいなあ。そうしてください。みんな喜んで大歓迎しますよ。本当に藤田さんが三年間も音信不通のままだったので、親しい同人たちは寂しい思いをしていました。(笑)

飲んで騒いでまた飲んで

藤田　それにしても、オレたちゃ、よく遊んだな。秩父の鳥居の家には数えきれないほど行って飲んだくれたし、毎年のように徳島の阿波踊りを観に行って、ここでもしたたかに酔っぱらった。軽井沢や千葉の館山も忘れられない。(笑)

鳥居　本当によく飲んだね。芸術とか文学とかについて語るなんてことは、まったくしないで、ただ酔っぱらっていたなあ。ことに阿波踊りの夜はひどかった。藤田さん、ベロベロでトイレに行っても、用を足せないんだもの。後ろで支えてホテルの部屋に寝かせるのに苦労したよ。(笑)

藤田　覚えている。あれはめっぽう酒に強い女性同人と飲み比べをして、あえなく負けたときだ。ホテルに上着を忘れたまま帰京したぐらいだからな。前後の記憶がまったくないんだ。それでも楽しかったよ。

鳥居　祥子ちゃんと勝負しちゃダメだよ。負けるに決まっている。彼女は僕が知っている酒呑みの中

で一、二を争う酒豪だからね。単なる酒好きの藤田さんは、シャッチョコ立ちしても敵わない。（笑）
藤田　うん、以後、痛く反省してね。マイペースで酒を飲むことに徹していたんだけど、死んじゃった今から考えると無茶苦茶に酔っぱらうことが出来た時代が懐かしくてねえ。何て言ったらいいのか、酒は飲んでも飲まれるな、なんてもっともらしい事を言う奴がいるけど、酒に飲まれても大丈夫な仲間がいるってことの方が貴重だと思うんだ。ありがたいことだったよ。
鳥居　そうだね。でも、藤田さんだって、われわれ同人にいろいろ恩恵を与えてくれたんですよ。競馬のジャパンカップ、連勝複式の一本買い、あれ覚えている？
藤田　忘れるもんか。一本買いで的中したのはオレ一人だったもんな。みんな何通りも買っていたから、当てたってチョボチョボだ。いい気持ちだったよ。
鳥居　その配当金を寄ってたかって全部、われわれが飲んじゃったんだ。近くの味の素スタジアムでサッカーを見に来ていた同人まで呼んでさ。あれ、足が出たんじゃないかと心配したほどだった。
藤田　あんなの、あぶくゼニだからな。パッと使うのが一番なんだ。山下御夫妻行きつけの中華料理屋からもう一軒の酒蔵までいい気持ちに酔えたなあ。
鳥居　それだけで充分なのに、帰りの駅前で喫茶店に入り、ケーキ付のお茶までご馳走になったんだからね。強盗みたいな仲間たちと言った方がいい。（笑）

藤田　いいんだ、いいんだ。オレがいい恰好出来たのは、あの時ぐらいなもんだからな。後は裸木祭の司会役にいつの間にかさせられちゃって、いろいろ工夫しているうちに、進行の仕方が定着したのも「裸木」への貢献だと思っている。
鳥居　いや、たしかに藤田さんの貢献度は高いと思いますよ。こっちは太鼓を叩いているだけで、現実には何もできない木偶みたいなものだから、藤田さんに大いに支えられていたんですよ。有難い人を失いました。（笑）

55〜75歳が人生の盛り

藤田　死んじゃう半年前ぐらいだったかな。栗原さんが電話をくれたんだよ。うれしかったなあ。「裸木」同人の声を聞いたのは二年半ぶりだからね。
鳥居　うん、その話、聞いた、聞いた。「藤田さんに会えないのは寂しいよ」って栗さんが言ったら「よし、会おう」っていうことになったんだって？
藤田　うん、ＪＲ新橋駅の機関車がある方の広場で午後六時ということになって、そのつもりでいたんだけど、家族に大反対されてさ。もめているところへまた栗原さんから電話が来たんだ。六時を五時にしようという連絡だったんだけど、家人が受けて事情を説明して止めさせられちゃった。

鳥居　車椅子で電車に乗るつもりだったの？　また、藤田さん、何の説明もしないで「会おう」って言ったんでしょ。

藤田　うん、いいじゃないか。いまは車椅子だって電車に乗れるし、何の不都合もない。車椅子で居酒屋に入って一杯やったっていいじゃないか。

鳥居　そりゃそうだけどさ。栗さんだって、そんな事には驚かない人だけどさ。知っていたら無理はさせないはずですよ。

藤田　栗原さんは優しい人だからね。オレの話も馬鹿にしないで聞いてくれた唯一の同人だったんじゃないかなあ。

鳥居　栗さんはもちろん、他の同人たちだって藤田さんを好きな人が多かった。無愛想で無礼な奴と誤解している人も少しはいたけれど、付き合っているうちに藤田さんの良さが分かって来るんですよ。

藤田　オレは自分が嫌われ者である方が気が楽なんだけど、死んじゃった今考えると、やはり本当はそうじゃなかったみたいな気がする。二度も同人の大勢が行徳のオレの家に遊びに来てくれたとき、何だか嬉しくてねえ。妙な気持ちだった。

鳥居　あれは一度目は行徳散歩の時で、二度目はユーミンが年賀状の一等だか二等を当てて全国の名産品をドサッと当てたときですよ。とても処理できそうにないというので、じゃあ、みんなで喰っちゃおうということになり、藤田さんの家でドンチャカやったんだ。みんな元気だったねえ。

藤田　十年以上前の話だから、最高齢者だって八十歳そこそこ。五十歳〜六十歳代が多かったわけだ。山ほどあった全国の名産を食い尽くして、それでも足りなくて、家の冷蔵庫も空にしてくれたので助かったよ。

鳥居　行徳の駅前で待ち合わせて、何とかいうデパートかスーパーみたいなところで酒を仕入れてから行ったんだけど、その地下の食品売り場で、いろいろな試食品があったのを、みんなで食い尽くして齧魘を買ったんだから、食欲も旺盛だった。

藤田　そうか、家に来る前から食って来たんだ。オレ、思うんだけど、振り返ってみて人生、五十〜六十歳代が盛りだねえ。そりゃ個人差があって、いくつになっても元気な人もいて、人間、年齢じゃないというのも真実なんだけどさ。

鳥居　そうか、僕は若い頃から、もう年だ、もうダメだと口癖のように言い続けて来たんだけど、本当は人間、いくつになっても大丈夫だと思ってきた。ところが七十五歳を過ぎたあたりから自信が無くなって来て、七十七歳になってから急に実感として迫ってきた。常に死というものを切実に意識するようになったね。

藤田　本当はそうなってからの方が本物の人間になれるんだろうけど、現実に不都合なことがいっぱい起こって来るからな。同人たちも八十歳を過ぎた人が大勢さんになって来ただろう。大変だな。

鳥居　今度の号が出るころには八十歳以上の人が十三人になる。でも、みんな元気だよ。校正刷りを送り返さないで失くしちゃう人もいて、何度送っても校了にならないから、進行に支障が出るなんてことは、しょっちゅうだけど、そんなことはどうでもいいんだ。書くことがあって書くというエネルギーと、備わってくる微妙な味わいに刺激を受けて、こちらが大いに励まされるのがありがたい。

藤田　赤瀬川原平の「老人力」だな。物忘れ、繰り言などのマイナス要素と見られているものを「老人力がついてきた」と積極的に捉える発想は、鳥居の〝何でもあり〟と共通するところがあるな。

鳥居　ところが、この「老人力」を誤解している連中がいる。「まだまだ若い連中には負けない。老人力で頑張るぞ」というように考えちゃうのが困るね。(笑)

藤田　張りあっちゃいけねえよ。何でも肯定できるというか、受容できるになるのが老人力と言えるのかもしれないなあ。

ああ！「されどわれらが日々」

鳥居　もう、年の話はやめにしようよ。それより藤田さんの「裸木」に残した足跡を振り返るというのはどうですか。参加されたのは意外に遅く、第二次の十一号からですが、非常に中身の濃い同人活動をされたと思っているんですが……。

藤田　そう改まって言われると困っちゃうな。鳥居が慇懃無礼な言い方をするときは用心しなくちゃならんしな。だいたいオレは好き勝手にしか行動できない人間だし、真面目なサークル活動なんか出来やしないんだ。でも、鳥居とは高校時代からの付き合いだし、すぐ気楽に溶け込めたよ。

鳥居　そう、たった半年しか違わないんだけど、一学年先輩ですからね。でも、何だか最初のころは緊張していたみたい。「私の古代史」を引っ提げてデビューして、並み居る同人たちを驚かせたんだけど、初めて一六会に顔を出したときは、古武士みたいな糞真面目な顔をしていた。（笑）

藤田　武士は礼節を重んじるんだ。（笑）初対面の同人各氏に失礼があってはならないからな。そのくらいのことは心得ているつもりだ。自己紹介させられて「私は今日から鳥居の弟子になって、頑張って書く」って挨拶したんだ。覚えているかい？

鳥居　仰天したなあ、あの時は。弟子とか師匠とかそういう関係じゃないのが〝同人〟というものでしょう。こりゃ困った。好き勝手に自分のやりたいことをやる、書きたいことを書くという人たちの集まりでなきゃ「裸木」の意味がない。

藤田　すぐに分かった。でもさ、そう言う方が格好がつくのが世の中なんだ。世の中を馬鹿にしちゃいけねえ。好き勝手をやろうと思ったら、そういう仁義を切ってから、好き放題が出来るんだよ。これは辛酸を舐めた者の智慧というもんだ。

鳥居　参ったなあ。藤田さんが〝武士〟だか〝やくざ〟だか分かんなくなっちゃうよ。まあ、何でもありだからいいけれど。

藤田　そうさ、鳥居のお株を取ってしまうようで悪いけど、折口信夫も「武士というのは野武士、山伏の『野』や『山』が取れたもので、もともとは流離の民であり、浮浪者であり、不良であり、無頼の徒であった」と言っているんだろう？

鳥居　いや、参った。完全に藤田さんにお株を奪われちゃった。そう言えば初対面の挨拶の後「藤田さんは、どんな仕事をやってきた人なんですか」という質問に答えた科白は、傑作だったなあ。「オレは〝組合ゴロ〟だ！」の一言。痺れたなあ。

藤田　だって、そうなんだもの。最初から最後まで組合専従のままで、退職金も年金もいただいていた身分だからな。善良な労働者が支払った組合費のお蔭でヌクヌクと生きて来たんだから大きなことは言えない。大金持ちじゃないけれど、小金には困らない生活を送って来たんだからな。

鳥居　そうか〝労働貴族〟だったんだ。ときどき「オレは小金持ちだ」と藤田さんが自嘲的に使う言葉を気に入っていました。いろいろあったんだろうなあ、と思うと切なくなってしまうけれどね。

藤田　うむ、死んじゃってからも慚愧の念に苛まれるね。学生時代の六十年安保闘争のころは武闘派で、何度も逮捕されたけど、その頃の純粋な思いと、就職して組合専従になってからの自分とが、どうしても折り合いがつかないというのかなあ。

鳥居　藤田さんの「されどわれらが日々」があるわけでしょう。僕のような典型的なノンポリでも、決して感傷的になってるわけじゃないんだけれど「きっと貴方は笑うでしょう〜」と「別れの詩」なんかを歌われると泣けちゃうもの。

藤田　まあ、いい。なんたってオレは死んじまったんだからな。でも、死んでからも背負っていかなければならないものがあるなんて、思ってもみなかった。怨念は百生祟るっていうけれど、怨念じゃなくても〝祟り〟というものはあるんだぜ。鳥居、あんたも覚悟しておいた方がいい。（笑）

鳥居　ハハハ、罰当たりな生き方をしてきたから、甘受しますよ。そのあたりのこと、藤田さんが「枯野のうた」という作品で自虐的に書いているでしょう？

藤田　うむ、見抜かれていたか。珍しく鳥居が「これは書き直した方がいい」と原稿を突っ返してきたからな。何でもありが「裸木」だというから無茶苦茶に書いて目をつぶって提出したんだけどな。「何でもあり」は嘘なんだってことがよく分かったよ。

鳥居　だって、あれはひどすぎた。内容じゃなくて、誤字脱字だらけ。驚いたのは主人公の名前が途中で変わっちゃったりするんだもの。「何でもあり」以前の問題だった。間違いなく「裸木」の歴史上、

ワーストワンだと言ってはばかりません。これからも、これを超えるものは出ないでしょう。(笑)

藤田　ハハハ、何だか褒められているみたいだな。とにかく一刻も早く手離しちゃいたかったから、書きなぐってものを読み返しもしないで出したんだ。そして「いや、絶対書き直さない、気に入らなかったらボツにしてくれ」って赤字がいっぱい入った原稿を突っ返したんだけど、ちゃんと掲載されていたから驚いた。結構、サマになっていて、他人の作品のように読めたよ。

最高傑作「名残りの松」

鳥居　これだからなあ。先輩には敵わない。大変だったんだから。主人公の名前を統一したり、適当に行替えをしたり、同人の作品をいじったのは、初めてだった。ところが、驚いたことに、この作品が非常に好評でね。冷や汗をかいた。

藤田　いやはや、自称〝組合ゴロ〟が「こんな艶ダネを隠していたのか」と堀切直人大先生にからかわれ、守屋汎大編集者から「産別組織の常任書記という主人公の経歴が妙になまなましい」とおちょくられた。見る人が見りゃ、この作品の偉大さが分かるってことじゃないか。(笑)

鳥居　そりゃそうでしょうよ。藤田さんにとっては、自分の青春を振り返ると同時に、抱いている夢と強烈な自己批判をごっちゃにして吐き出したんだろうけど、丁寧にさえ書けば、上等な作品になったろうと思うともったいなくてねえ。十回ぐらいの連載にするとか、せめて上、中、下ぐらいに分載すれば、藤田さんの記念碑的なものになったんじゃないかと、いまでも残念なんだけどなあ。

藤田　いいんだよ、いいんだ。鳥居の「何でもあり」というのが「ただの何でもありじゃないぞ！」ということだと分かっただけでも収穫だったよ。何でもありの他に「いい加減」というのも用心して聞かなきゃならない「裸木」のスローガンなんだよな。

鳥居　何だか追いつめられているって感じだなあ。そう急がないで下さいよ。ただ僕は正しいように見える「こうすべきだ」とか「こうあらねばならぬ」という言い方が嫌いなだけでねえ。いや、人一倍そういうタイプなものだから自己規制しているんだ。

藤田　うん、それがよく分かった。だから以後、用心してさ。オレなりに慎重に書くように心掛けたんだけどさ。考えてみたら鳥居にゃ迷惑ばっかりかけていたような気がする。だいたいパソコンとか携帯電話とか文明の利器を絶対に使わない主義だから、オレが書くと迷惑したろう。全部、入力とやらをしてくれていたんだろう。

鳥居　それはいいんだ。僕だって正直なところパソコン、携帯なんて便利なものは大嫌いだし〝悪魔の機器〟だと思っているけど、もう世界全体がそれで動いているんだもの。これによって失われているもののことなんか考えていない人間ばかりになっちゃうと、それに対抗するには、その中に入ってて行かなければ世捨人になっちゃう。
藤田　だからって、それに迎合すると、結局、取りこまれてしまうんじゃないか。オレは頑なに拒否したいね。鳥居に迷惑をかけても、原稿用紙に向かって手で書くことを貫く姿勢を崩さなかった。
鳥居　だから「名残りの松」という名作が生まれたんだ。これは一転、藤田さんが丁寧に書き込んだ物語で、数少ない「裸木」の歴史に残る秀作だと思っている。入力しながら興奮したよ。パソコンでは絶対に書けない傑作で、この一作があれば、藤田さんの名は永遠だと思って嬉しかった。
藤田　ワーストワンからベストワンかい。浮き沈みが激しいなあ。(笑)
鳥居　うん、僕は浮き沈みが激しい人の作品が好きだなあ。沈みっぱなしというのも困るけど、何と言ったらいいのかなあ、粗削りでもいいから、エネルギーの溢れる激しく爆発するようなものに惹かれるんだ。いつも標準以上、丁寧に正確に書くという姿勢は貴重なものだし、安心して読めることは確かだけれど、安定よりは不安定を求めるのが悪い癖なんだと思っている。
藤田　うん、それがよく分かった。だから鳥居は一番難しいことをやろうとしているんだよ。若い連中に言っていることを聞いていたら「上手に書こうと思うな、もっと下手に書け」という意味の事ばっかりだものな。これは金子光晴の「人を感動させるような作品を忘れてもつくってはならない。それは芸術家のすることではない。少なくとも、すぐれた芸術家の。すぐれた芸術家は、誰からもはなもひっかけられず、反古にひとしいものをかいて、永劫に埋没されてゆく人である」ってやつかい？

鳥居　お見通しですか。そうなんですよ。やっぱり、おっしゃる通り、誤解されるだろうなあ。何かを書くってことは、お稽古ごとじゃないんだから、きれい、きれいに仕上げりゃいいってものじゃなくて、内的エネルギーを遠慮会釈なく叩きつける方が重要な問題だと基本的に思う。見栄や体裁にこだわると、その分弱くなるからね。

藤田　お前さん、その辺のことになると、やたら過激になるわけさ。ところが世間てえ奴はそれを許さない。だから一直線に〝何でもあり〟と〝いい加減〟というお題目に突っ走るんだよ。気持ちは分かるし、正しいとは思うけれど、世間を馬鹿にしちゃいけない。本当の革命家は世間を味方にしてこそ、成功する見込みが出て来るんだ。

鳥居　お言葉ですが、僕は革命なんかしようとは露ほども思っちゃいない。世間との折り合いも、うまくいく方がいいに決まってるさ。いや、僕が敵だと思われているらしい世間の愚かしい姿勢さえ、僕は愛おしいと思っているんだ。偉そうに「これが正しい」、「これが正しくない」なんて決めるつもりは全くないんだよ。

藤田　だから、よけい分からなくなっちゃうんだよ。世間は白黒を決めなきゃ気が済まないんだ。そういうもんだよ。お前さんは全く世間知らずなんだ。

鳥居　皆にそう言われるよ。藤田さんより先に死んだ関憲治には、いつもそれで怒られていました。はい、以後、気を付けます。と謝り続けて年をとっちゃったのが僕の人生だったような気がするぐらいですよ。でも、何も白黒なんか付けなくったって、いいじゃないか、というのが僕の感覚なんで、白も黒もいいじゃないか、入り混じった灰色だって悪くない。仲良くやろうよ、じゃダメかね。

オレはまだ生きているつもり

藤田　ダメだ、ダメだ。本当に鳥居は困った奴だな。一六会なんかその典型だね。何時に始まって何時に終わるという決まりがない。好きな時に来て好きな時に帰ればいいという全くの自由な会合なんだから、多くの人は戸惑うよ。何だこれは、まとまりが全くないじゃないかということになる。

鳥居　うむ、だから一六会は受け入れてくれる飲み屋さんが困ったらしい。何人来るのか、何時に始まるのかも分からないから、準備の都合上、どうしていいか分からない、といういい加減な会だからね。

藤田　誠実に対応しようとすれば、店は困るんだよ。一度、遅れて会場に行ったら、宴会場が他の団体さんで満員の上、同人たちはカウンターにもどこにもいないんで、いつも二次会で行く「用心棒」に行ったら、みんなそちらに集まっていたということもあったから、参加者だって困るよ。

鳥居　最初は新宿の大衆酒場から始めて何軒かを転々としたんだ。そのうち四谷二丁目の「万作」で結構長く受け入れてくれてねえ。そのうち赤坂の「元太」に移って「裸木」の本部のような感じになり、毎月三十人ぐらい集まるようになったのがピークだな。藤田さんはここで同人として参加したんだ。

藤田 うん、でも「裸木」のおかげで「元太」が潰れ、以後、新宿に戻って奄美料理の店も結構つづいたな。そして二次会会場だった「用心棒」に定着したわけだけど、この頃から高齢化が顕著になったというわけだ。その「用心棒」もオレが死ぬ前に店をたたんじゃったんだよな。

鳥居 ええ、だから今は新宿二丁目のロンスターホテル地階の「ｂｕｒａ」という素敵なバーで細々とやっています。どうか藤田さん、迷って出て来るときは、ここに来てください。皆で待ってます。（笑）

藤田 どうも少しも懲りていないようだな。まあ、いいか。オレ、死んじゃったんだけど実感がないんで、まだ生きているつもりなんだ。鳥居も生前葬をやって、死んだはずなんだけど、まだ生きているしな。原稿が出来たらまた送るよ。

鳥居 そうしてください。今日は久し振りで先輩から説教されて嬉しかった。ありがとうございました。

丸山あつし

——maruyama atsushi

何でもありの曼荼羅の宇宙に遊ぼう！

丸山あつしさんは第二次「裸木」第一号からの同人。京浜地区では有数の画家であり、ボートシアターでは演劇の演出で注目を集める〝演劇人〟であり〝詩人〟でもあった。私と同じ〝何でもあり〟と〝いい加減〟を合言葉に活動することが生き甲斐のような人で、ある意味では、〝裸木精神〟を体現した同人である。晩年は大洋出版を興した。著書に「曼荼羅の宇宙」（裸木叢書）「詩画集大成」（大洋出版）

〈発表作品〉「ダンサー」「紅い花の幻想」「森」「俺はかなり疲れている」「計略」「休日」「無題」「計略2」「惰惰イズム」「グラダナの風」「ナンジャ」「亡月亡日」「殺ります」「気化願望」「何処へ」「手折れし野辺の花」「ずいずい　ずっころばし」「残滓」「ヘルター・スケルター」「マヌカンの踊り」「大洋村通信」「娑婆陀罵堕」「娑婆陀罵堕2」

死んでみるのも悪くはないぜ！

天国も悪くはないよ

鳥居　あ、いた！　まさか〝天国〟にいるとは思ってもみなかったんで、探したよ。

丸山　申し訳ない。僕もまさか自分が天国に入れるなんて思ってもみなかったんだけど、こうなっちゃった。でも、案外、住み心地が良くてねえ。気に入っているんだ。

鳥居　うん、そうだろう、そうだろう。どこを探しても居ないので、一度は諦めて帰ったんだけど、ちょうど「かち」10号が届いていて、読んだら丸さんがアンケートに答えているじゃないの。（笑）

丸山　そうか、こちらには届いてないけど、森ちゃんが適当に書いてくれたんでしょう。大筋のところは間違っていないはずだよ。あの人は天才だからね。フフフ。

鳥居　ハハハハ。天災という人もいるけどね。フフフの部分はクックとなっていた。

丸山　あ、そっちの方がいいや。参ったなあ。彼女はすべてお見通しなんですよ。

鳥居　怒っちゃう人もいるだろうけどね。思わず笑っちゃった。この辺りの感覚は丸さん好みかもしれないなあ。だから、おかげで今日は一直線で来ることが出来たよ。

丸山　ご足労をかけて申し訳ない。で、遠藤、藤田両氏に次いで僕も対談するの？　僕は、二人みたいに立派なことなんか言えないから恥ずかしいな。どうでもいいか。

鳥居　クックック。恥ずかしいという感覚は死んじゃってもあるんだね。いや、どうして死んじゃったのか、あまりにも突然でさ。本当に僕は参ったよ。同人たちもショックを受けたままの人が多いんだ。みんなに教える義務が僕にはあると思うしね。

丸山　いや、最期のときは、僕にも分からないんだ。少し以前から三叉神経をやられていて、これが痛くて鎮痛剤で抑えていたんだけど、効かなくなっちゃってね。少し強い薬を使うようになって、どうもそれが悪かったらしい。鳥居さんからのメールに返信してホッとしてから激痛が来て、それからが分からなくなっちゃった。

鳥居　うん、貴方は気がついていないかもしれないけど、僕は最大の原因は〝歯〟だと思うね。五十代後半からずっと歯の不自由さを放置したままだった。冷たいビールが飲めなくなってしまって、日本酒のヌル燗だけになっちゃったあたりから四半世紀余り耐えた報いのような気がするね。

丸山　うむ、そこに気が付く人はいないんじゃないかな。歯は命だねえ。僕も鳥居さんみたいに還暦ぐらいで総入れ歯にしときゃよかった、と今にして思うよ。でも、僕は歯医者が苦手でねえ。歯を抜かれる話を聞くだけでも、身震いが出るんだ。

鳥居　五十歳代後半から部分入れ歯でしのいでいた時期があったんだけど、これが面倒臭いので、還暦の年に上下合わせて十八本残っていた歯を一挙に抜いて保険付きの十六万円で総入れ歯にしたのを、正解だったと思ったなあ。もっとも入れ歯づくりの名人だった関憲治という高校時代からの友人がいてくれなかったら、僕も丸さんと同じ運命をたどっていたと思うけれどね。

丸山　たかが歯如きものに煩わされてたまるか、って言っていたもんなあ。いや、僕もそう思っていたんだけど、食べ物を噛まないで飲み込んでしまうツケが回ってきたという気は確かにするなあ。

鳥居　それでも、予感があったというか、やることをみんな片付けて逝ったという感じがするね。ライフワークの感のある絵と詩を組み合わせた「詩画集大成」を仕上げたし、強力に推進した宇田禮さんの裸木叢書の解説も書き上げてくれたんだから。あの解説はさ、丸山あつし全作品中、最高の出来だって評価しているんだ。

丸山　そう言ってもらえるとうれしいんだけど、年明けに開いてもらえることになっていた「集大成」の打ち上げ会も、宇田さんの出版記念会にも顔を出せないことになってしまって、何とも締まらない結末だったと言っていいんじゃないだろうか。まあ、そこが僕らしいと言えるけど。(笑)

鳥居　いや、いや、とっても盛大だったらしいよ。僕には連絡が来なかったので行かなかったんだけど、横浜で行われた「詩画集大成」のパーティーは、川崎詩人会を中心に掲載された画家や詩人が丸山あつし追悼の意味を込めて、大挙して一堂に会したと聞いている。いかにも丸さんらしいよ。

丸山　そんな事を言って、本当は鳥居さんは「詩画集大成」を軽蔑しているんでしょ。何だこれは！って。良くも悪くも仲間だった詩を書く人と絵を描く人を見境なく集めて、独断と偏見で勝手に組み合わせた一冊だからね。批判は甘受するよ。

鳥居　うむ。いきなり僕ら二人の本質に迫る発言だね。そりゃ、批判しようと思えばいくらでも出来るよ。でもさ、如何にも丸さんらしい〝仕事〟だと思っているんだ。針生一郎だったらまた、何と言うかと思って、ニヤニヤしちゃった。（笑）

丸山　うん、きっと言うだろうね。レベルの問題を。言ってることはよく分かるんだけど、レベル云々というのは、僕には関係ないんだ。そんな大仰なことはどうでもいい。あそこに集まった人たちが自己満足であれ、何であれ、楽しく遊べたと思ってくれれば、他に何も求めないでいいんだよ。

鳥居　遊びをせんとや生まれけん、なんだものね。それが丸さんの生涯変わらぬ、いや、死んでも変わらない信条なんだってことがよく分かるよ。でも、詩と絵を組み合わせるところは丸さんの独断で、詩人と画家の意思は無視してやったんだろう？　つまりあれは丸さんの〝作品〟なんだよ。

丸山　そういうことになるか。自分の詩にあの画家の絵を付けるのは嫌だとか、その逆とかがある人には、ご遠慮願ったからね。楽しくなくちゃ話にならない。それでもさ、好きとか嫌いじゃなくて、思いのほかいい出会いが出来て嬉しかったと言ってもらえたから、僕自身は満足しているんだ。

鳥居　そうだろうよ。そういう意味では大成功だったんじゃないの？　ただ二十年数年余り前に新橋の画廊で開いた「沙裸羅木展」のことを思い出しちゃって、ちょっと切ない気分になった部分もある。

丸山　あの時は大変だった。五十人近い出品者が思い思いの作品を無制限で展示するものだから、体裁も何もあったもんじゃない。まるでドン・キホーテの店内のような陳列になっちゃったからなあ。

鳥居　うん、ジャンルは問わない、質も問わない、絵でも造形でも書でも生け花でも何でも構わない。でも、ああいうのが僕らは楽しいんだよね。

丸山　うん、鳥居さんの決まり文句「何でもあり」が僕の支えだったね。偉そうな事を言う連中には、言わせておけばいいわけで、こっちは「カエルの面に小便」を決め込むようになってから、どれだけ長く生きてきたのかなあ。（笑）

鳥居　でもさ、貴方は不満というか、手放しで楽しめなかったろう。会期中、楽しそうな笑顔を一度も見られなかったからね。開催前も会期中も打ち上げ後も全部、苦労ばかりを一人で背負い込んじゃった。可哀想でね。もっとも僕は、そういう状況さえも楽しんじゃったけれどね。それより手がない。

丸山　その気持ち、分かるなあ。一種のマゾヒズムだね。そうか、僕はそんなに不機嫌な顔をしていた？　そりゃさ、あの会場を一週間開放してもらうのも、案内はがきを作るのも、オープニングパーティーを仕切るのにも、普通に言えば大変な苦労があるわけで、不愉快なことはいっぱいあったけど、それが顔に出るようじゃ、まだ修行が足りないわけで情けないよ。

鳥居　東京のど真ん中の画廊を格安で使わしてもらうことも、普段の画廊とのコミュニケーションが無きゃ出来ないことだし、案内はがきの作成だって出品者が途中で増えて、何回も刷り直さなければならなかった。最後は貼り込みで処理した二名がいる。そのうちの一人は、無連絡でキャンセルしたままだった。こりゃ怒るよ。

丸山　そうだねえ。それでも参加する人たちは、そんなこと知らないわけだ。気になることは自分の作品と展示スペースのことだけだから、こちらから見れば、参加者はまるで偉いお殿様に見えちゃう。

鳥居　実行委員長の辛いところさ。一緒に遊ぼうとしても、心から遊べない部分というか、厳しい現実があるわけだ。

丸山　そこを分かってくれるのは、おそらく鳥居さんだけだろうな。でもね「裸木」を半世紀も出し続ける苦労に比べれば、あんなイベントの苦労なんか軽いものだよ。まあ、苦労が大きいほど楽しいという〝マゾヒズム〟があるにしてもさ。（笑）

鳥居　分かってくれるのは丸さんだけかもしれない。みんなバカな奴だと思っているんだろうねえ。

丸山　バカにゃ違いないんだろうけど、こちらも生身の人間だからね。生きてるときは腹の立つときもあるし、愚痴を言いたくなることだってあったさ。（笑）

鳥居　死んじゃったら恨みつらみもなくなっちゃうってわけか。そりゃ〝天国〟だねえ。でも、その方が僕たちにとっちゃ、もっと辛いような気がするけどなあ。（笑）

丸山　うむ、本当に「死んでみるのも悪くはない」って思っているんだ。これは〝堕落〟かもね。いや、最大の〝試練〟かもしれん、というのはどう？（笑）

鳥居　ハハハハハ。僕と違って丸さんは駄洒落を言わない人だったけど、死んだら幅が出てきたね。でも〝堕落〟じゃなくて〝試練〟という捉え方だったら、いいかもしれん。失っていないねえ。（笑）

丸山　だから〝天国〟にノホホンとしていられる。生きているときは、あまり味わえなかった状況だとも言えるけど、生きていたときとそう変わらないとも言えるんだ。

二人の変な性格分析

鳥居　その辺のところがよく似てるんだよね、僕たち二人は。いい加減というか、何でもありのところが。真面目な人たちが怒るのもよく分かるんだけど、決して不真面目じゃない。大真面目なんだ。

丸山　基準が違うんだろうね。世間で言う〝真面目〟と僕らの〝真面目〟とがズレている。（笑）

鳥居　そう、もっとも厳密な意味での〝真面目〟じゃなく、常識というもっとも曖昧な基準で判断されちゃ困るんだ。一体、真面目って何なんだ！　って、すぐ僕は過激に反応して逆をやっちゃう。丸

さんは、もっと上手に対応できる人だけどね。（笑）

丸山　うん、でも、時と場合によっちゃ、僕の方が過激になっちゃうこともあって、顰蹙を買うわけで、どっちもどっちというか、ガキ同志なんじゃないの。（笑）

鳥居　そういうことにしておくか。でも、この基準のズレは一体、何なんだろうね。やはり、生まれ育ちと言うか、素質、環境の問題があるとは思うけど。

丸山　遠藤浩一さんなどから、許せない！　不倶戴天の仇！　って言われる生まれ育ちをしてきたのかなあ。ただただ不幸な少年期があったから、できるだけ〝許容〟する精神が固定しちゃっているのかもしれない。やはり、戦争が〝元凶〟かな？　遠藤浩一の場合は、戦争を知らない世代だから、無理はないという気がするんだけどね。

鳥居　丸さんの満州時代の幼少期は、確かに想像以上の残酷な体験があるわけだし、僕だって戦前戦後の過酷な体験が骨がらみになっているのは事実だけど、でも、その体験をしてきた人は、まだ、いっぱいいるわけだろう。しかし、そんなことは綺麗に忘れてしまっている人も多い。

丸山　となると、教育かねえ。あるいは個人個人の資質の違いで〝許容〟は〝いい加減〟ということになるわけか。

鳥居　そういうこと。とにかく人間一人ひとり違うということだけは、肝に銘じておかなきゃならないということさ。

丸山　しかし、そうなると人間、生まれ育った時代や環境によって左右されることはないってことになっちゃう。僕なんか〝素質〟なんてものより、時代や家庭環境の方が大きく個人の人間形成に影響を与えるものだと思うけれどね。

鳥居　そりゃ、誰でも〝時代の子〟であることから逃げることはできないわけだし、家庭環境やその時代の教育によって人格形成が決定されることは確かだろうけど、同じ家庭や学校で育っても、まるで違う兄弟姉妹っているだろう？

丸山　それはね、同じじゃなくて同じような環境ということで、個人は兄や姉がいるということ、弟や妹がいるということだけで〝環境〟は全く別のものになっているということじゃないのかな。性格だって違ってくるのは当然でしょう。

鳥居　こんなことは、すでに議論され尽くしているんだろうけど、環境は変わっていても、素質というか、持って生まれた個人のそれぞれの〝核〟のようなものは変わらない。兄がいるから、妹がいるからということで人間、変わらないよ。

丸山　そうしておきましょう。この問題は三十年余り鳥居さんとは酒を飲みながら議論してきたものねえ。久しぶりに思い出しちゃった。変わらないねえ。人間、死んでも変わらないんだなあ。（笑）

鳥居　変わるもんですか。僕は粘着気質が強いからねえ。自分では循環気質というか、躁鬱傾向が主流だと思っているんだけど、何でもありのいい加減のくせに、嫌になっちゃうほど几帳面なんだよ。

丸山　僕もそうなんだ。これもずっと話し合ってきたことだけど、久しぶりに、お互いの性格分析というか、気質の問題を聞きたいなあ。僕と鳥居さんは人から「よく似ている」と言われるんだけど、同じ気質・性格だということなんだろうか。

鳥居　うむ、僕の怪しげな気質・性格診断からいえば、二人ともまず、循環気質とか躁鬱気質とか言われる「Z」が主流であることは、まず間違いないね。

丸山　円満で優しい常識的な性格というのが「Z」なんでしょ。そう言われると恥ずかしいし、すぐ反発したくなっちゃうんだけどね。（笑）

鳥居　うん、まず、自分じゃ嫌なんだけど、何か頼まれたら嫌と言えない、お人好しの部分が根底にあるんだ。病理学的に言うと躁と鬱が循環する気質で、高揚しているかと思うと他愛なく落ち込んだりしちゃう。浮き沈みが激しいんだ。（笑）

丸山　それは言える。どちらかというと躁の状態の方が多いけど、ふっと鬱になる。

鳥居　ゆるやかに躁と鬱が循環するんだよ。鬱と言っても軽いもので、なんとなく気が滅入るという感じかな。アイスクリームをなめていると治っちゃうという程度。（笑）

丸山　問題は「Z」の他に、どんな要素が絡んでいるか。鳥居さんは「E」だと言うんだけど、本当にそうなのかな。自分では、几帳面だとか、粘り強いとか、清潔好きとか、まったく思わないんだけど。

鳥居　最初は丸さんに「E」、つまり粘着気質があるとは思わなかったけど、知り合ってから三年目、あの沙裸羅木展を開く過程で確信するようになった。僕は自分では、ひょっとしたら「E」が主流かもしれないと思うほど粘着気質を持っているからねえ。いい加減を看板にしているから、人はそう思ってくれないんだけどね。（笑）

丸山　いや、いや。鳥居さんの粘着気質はすごいよ。外見はソフトで礼儀正しいし、几帳面だし粘り強い仕事ぶりには驚嘆する。何でもどうでもいい、いい加減でいいんだと強調するんだけど、あるところでは頑固でテコでも動かない。一緒に仕事をすれば、だれでも分かります。

鳥居　これは粘着気質の特徴を全部並べてくれたねえ。これは病理で言うとテンカン気質だからねえ。お恥ずかしい限りだけど、ギリギリまで我慢したら、すぐ切れて瞬間湯沸かし器になっちゃうのも粘着気質がなせるワザでね。しかし、これは丸さんも同じさ。一緒に遊べば分かる。（笑）

丸山　次に来る要素は何ですか。それを教えて貰えないまま死んじゃったんだけど、もういいでしょう。教えてください。僕も鳥居さんも「Z・E」までは同じで、その他にはどのような気質が絡むのかを。

鳥居　もう、いいか。なかなか分からなかったんだけど、第四次に入ったころ確信したことが正しいとすれば、丸さんのもう一つの気質は「H」だね。ここが僕と違うんだ。

丸山　ウーン、そうか。ヒステリー気質だね。僕はそう言われるのを恐れていたような気がするけど、見抜かれていたか！

鳥居　どうして？　どうして恐れることがあるの？　「Z」を主流とした「E」、それを支える「H」。持っている気質の量を「Z＞E＞H」と示すことが出来るんだけど、これは理想的といえるかもしれない。

丸山　だけど「H」というのは、上昇志向が基調でしょ。背伸びをするとか、虚栄を求めるイメージがあるじゃないですか。僕がいちばん嫌いなもので、避けて通ってきたと思っているんだけどなあ。

鳥居　丸さんさあ、何でそんなに「H」を嫌うのよ。無邪気に遊ぶ子供たちは皆「H」そのものの行動をとるもんだぜ。いじけている奴もいるけどさ。それも次の瞬間には、いまに僕だって勝って見せる、いい洋服が着たい、あの人のように恰好よくなりたいって、上昇志向を持っているんだ。

丸山　そうか。また鳥居さんに言いくるめられそうだけど、そのような気がしてきたなあ。でも、幼少時に徹底的に痛めつけられたからだろうけど、ヒステリー気質が強い人は苦手なもので、死んじまっても「H」が嫌いなのに、自分の中にそれがあると指摘されると、落ち込んじゃうなあ。（笑）

鳥居　天国にいること自体、いや、満更でもないということ自体、ユーモアとしては面白いんだけど、ひょっとしたら本気なんじゃないかと疑っていると言ったら怒るかい？　丸さんよ、オレなんか、地

獄でも閻魔様が嫌がって入れてくれないんじゃないかって強がっているんだ。(笑)

丸山　あ、それ。僕なんか、それじゃないかな。きっとそうだよ。そうしておいて!

鳥居　ダメ、ダメ。せっかく「H」を持っているんだから、天国改革でもやってさ、大いに修羅、地獄に勝る刺激的な場所にしてくれたら、僕も天国志願をするさ。そう遠くはないと思うけど、そうなったら、ここで一緒に「裸木」をやろう。(笑)

丸山　じゃ、一つ踏ん張ってみますか。でも口惜しいな。何か一矢報いなけりゃ天国で不眠症になっちゃいそう。鳥居さんのもう一つ絡んでいる気質というのは何なんですか。それを聞かなきゃ。

鳥居　それは秘密。丸さん、考えておいてよ。いや、これは自己診断は出来ないんだ。これまでの「Z>E」もいい加減なものでね。ひょっとしたら「Z」と正反対の「S」、つまり分裂気質が自分の中に色濃くあるような気もしちゃうんだ。

丸山　その正反対の「Z」と「S」を両方とも持っている人間というのは、現実にもいるのかなあ。僕も時々そう感じる時があるんだけどなあ。(笑)

鳥居　丸さんは違うけど、十万人に一人ぐらいはいるらしいよ。二重人格と呼ばれる人たちを想像してもらえればいいんだけど、普通の場合は、厳密な意味での二重人格というのはないというのが学者たちの定説で「Z」と「S」は交わらないとされているんだ。そんなことはない。多重人格いいじゃないか、と僕は思うんだけどねえ。

丸山　現実より空想の世界に遊ぶというか、幻想の方にリアリティーを感じる人間が「S」だとすれば、僕なんかも「S」が多分にあるという気がするんだけどなあ。

鳥居　いや、分裂気質の人は決して空想の世界に憧れるという感覚は持たないんだよ。幻想にすがるのは「H」なんだ。丸さんはヒステリー気質という呼び方に抵抗があるんだろうけど、女性の場合なんか、これがあると無邪気で可愛いものだよ。

丸山　いままでの話の中で「Z」「S」「E」「H」というのが出てきたわけだけど、人間の気質類型は他に何があるんだっけ？

鳥居　残るのは「N」（神経症気質）と「P」（偏執気質）さ。「N」は繊細で小さなことにも思い悩んでしまうという性格で、人前では目立たないように行動するタイプ。「H」とは対照的なんだけど、これが意外に気が強いという側面もあるんだ。「P」はゴーイングマイウエイのタイプで、人のことなどお構いなしに猪突猛進する。

丸山　なるほど。そう言われてみると、僕なんか全部の要素があるような気がしてくるんだけど、多重人格なのかなあ。（笑）

鳥居　僕もそうだ。マゾヒストなくせに、妙なサドっ気が旺盛だしさ。小心者のくせに、何故か開き

フェリー乗り場で（左上２人目丸山あつしさん）

直っているような横柄なところがもる。心理学を手ほどきしてくれた臨床心理学の教授は「あなたは難しい人だ」と笑っていたなあ。性格分析が〝正確に分析できない〟ジゴロタイプなんだってさ。（笑）

丸山　その教授の問診に〝真面目〟に答えなかったんだろうね。でも、ひでえことを言う教授だな。そう言われて鳥居さんは喜んで見せたでしょ。いや、本気で喜んだかもしれないという気がする。（笑）

鳥居　うん。さすが丸さん、鋭いね。大いに喜んださ。ジゴロなんて思ってもらえるなんて光栄だよ。しかし、喜んだあと、現実の自分を顧みて大いに落ち込んだねえ。「Z」丸出しで嘆かざるを得ない。（笑）

丸山　ハッハッハ、こりゃ笑える。分かった！　鳥居さんのもう一つの気質は「N」だね。僕が「Z＞E＞H」で、鳥居さんは「Z＞E＞N」ということか。このものすごく屈折した性格は。
鳥居　見抜かれちゃったらしょうがない。まったく「N」も強いんだよ。何事もクヨクヨ思い悩むんだ。地獄だね。（笑）
丸山　これで少しスッキリした。（笑）

裸木祭演劇大賞と諸作品

鳥居　お互いの性格分析はこのくらいにしておいて、丸さんの「裸木」での足跡を振り返ってみることにしましょうよ。
丸山　ほらきた。僕は何もやっちゃいない。遠藤浩一大先生や藤田稔大先輩のように、これを読んでくれと胸を張って言えるようなものは何も書いてこなかったからなあ。グダグダと小声で呟いているだけで、申し訳ないようなものばかりを書いてきたという自己評価があるんだ。
鳥居　そんなことはない。確かにだいたい自分の誕生日から書き始めて、本題に入る前置きが長々と続く作品が多いけどさ。しだいに〝助走〟の部分が魅力的に感じられるようになってくるんだ。
丸山　それはありがたいことなんだけど、涸れた井戸に、呼び水を入れないと書きたいことが出てこない。文章を書く作法なんか知らないし、読む人は「またか」とウンザリしちゃうんじゃないかな。
鳥居　遠慮なく言えば、ウンザリする部分もあるんだけどさ。それを繰り返していくうちに、それが〝味〟になるか、ならないかということが重要なんじゃないかな。書く作法なんて気にすることなんかないじゃない。それは「H」的な媚びる発想だよ。落語の〝枕〟で、どれだけ「うむ」と思わせるかが勝負だと思うんだけどねえ。
丸山　むしろ作法を無視して新しい作法にするんだという明確な意図があるのならともかく、同じ〝枕〟じゃ恥ずかしいよ。
鳥居　それでも初期のころは、そうでもなかったんだよ。同じ〝枕〟は使わないで、むしろ毎回、気負ったような調子で切り込んでくる〝名文家〟だった。「ダンサー」から始まって「遠い空」「赤い花の幻想」とつづく短篇は、才気にあふれた〝鮮烈な新人〟という印象を与える作品群だったよ。
丸山　三十年前だからねえ。大西健ちゃんに一六会に連れていかれて「裸木」という同人雑誌があることを初めて知って衝撃を受けたんだ。好き勝手に書けばいいというんだから興奮したねえ。
鳥居　何の資格も制約もないところがいい、って丸さんが言っていたというのを健ちゃんから聞いて「よしっ！」と思ったねえ。期待通りさ。続いて書いた「計略」は「裸木」の歴史の中でベストスリーに入るエンターテイメントだと言っていい。

丸山　でも、尻切れトンボで続編を書かないまま放り出しちゃったものでしょう？　こっちは辻褄を合わせて〝完結〟させる能力がまったくないみたい。

鳥居　それでいいんだよ。同人誌というものの基本は〝エチュード〟なんだからさ。完成品を発表する〝場〟ではないと僕は思っているんだ。あくまで〝舞台稽古〟でなくちゃいけないとさえ思う。

丸山　本公演というのはゼニを取ってやるものだからねえ。舞台稽古はゼニを払ってやるというところが素晴らしい。そう思う人たちってどれほどいるのかな。皆、その辺のところを分かっているのかな。

鳥居　そこが最大の問題なんだ。丸さんなんか横浜のボートシアターで演劇の脚本・演出を精力的にやってきたから、そこのところは骨身に沁みて分かるだろうけど、大体の人が目指しているのは〝本公演〟であって〝舞台稽古〟じゃないんだよ。

丸山　充実感という意味では、舞台稽古の方があるんだ。本公演というのは、もう形骸でさ。冷めた料理なんだということを知らなきゃやっちゃいられない。逆なんだ。

鳥居　裸木祭でもやったねえ。丸さんが生き生きしていたよ。森林公園で合宿なんかしてさ。同人たちも乗りに乗って、あ、この人、こんな面もあるんだ、と感心したものだよ。もう一度、やりたいなあ。

丸山　栗さんのチェスナット・グリーン、金子さんの吉良仁吉なんか忘れられない。群を抜いて演技力のある五十嵐薫さんが仁吉の女房役をやって、完全に浮いてしまうところも面白いところで、芝居でも何でも「上手でありゃ、いいってものじゃない」ということが分かるからねえ。そして、そのアンバランスも楽しめちゃう。

鳥居　うん、うん。本番で緊張してセリフが全部抜けちゃった人もいて、プロンプターが大変だったことも懐かしい。岡チンが舞台のバックの絵を、その場でサラサラと描いて見せてくれたのには興奮したなあ。鮮烈な印象がいまでも残っているよ。

丸山　お客さんで来てくれた人たちには、アホらしくて見ちゃいられないかもしれないけどさ、同人相互のコミュニケーションというか、親睦には芝居をするのが一番だね。針生さんや遠藤浩一なら、けちょん、けちょんに言うだろうけど。(笑)

鳥居　ハハハ、それもまた、いいんだけどね。そういう意味で、丸さんには〝裸木祭演劇大賞〟を送りたいね。企画、作、演出の大功労者だ。アテレコで〝口パク〟の舞台をやったこともあったな。

丸山　それに引き換え、書くものが悪いと言いたいんでしょう。何しろ完成品というのがないに等しいわけだからね。(笑)

鳥居　そんなことはない。初期の満州時代を描いた「風のように」「また風のように」は、他の誰も描けない〝重い証言〟だし、ちょっと肩透かしを喰らわせようとした一休和尚をテーマにした戯曲風の「森」などは、立派な完成品だと思う。そして僕は晩年の「マヌカンの踊り」にビックリし「娑婆陀罵堕」①と②でひっくり返った。

丸山　鳥居さんは褒め殺しだからなあ。うっかり信用しちゃうとひどい目に遭うから、用心するんだけど、そう言ってもらえると嬉しいな。「マヌカンの踊り」から煙幕を張るのをやめて本当のことを書こうと思ったんだ。そこをちゃんと見ていてもらえることが分かって嬉しく死ねたと言ってもいい。素直にありがたいと思うよ。

鳥居　丸さんは「マヌカンの踊り」で何か吹っ切れたんだ。もう怖いものなしになったんだと思うよ。それは無意識のうちの〝死の予感〟のようなものだったんじゃないかって気がするんだけど。

丸山　そうなんだ。自分はそう遠くなく死ぬんだということが、何となくあったね。こうしちゃいられない。焦った感じじゃなくて、もっと澄み切った静かな自覚のようなものという気がする。こんなことを真面目に言うのは恥ずかしいんだけどさ。これでも前衛を気取ってきたんだけど、そういうことじゃないんだ、と気付いたんだ。

鳥居　分かるような気がするなあ。厳しく言わせてもらえば、丸さんは〝前衛〟じゃない人だからね。むしろ古典的なんだけど、行き掛かり上〝前衛〟ぶらなきゃ、やってられなかった。いや、前衛が悪いとは言ってないよ。ただ、異常なまでの読書から得た知識と芸術の傾向に影響されて、本当の自分じゃないものに突っ走った。

丸山　うん、それに気付いたということかな。ポップだ、コンセプチュアルだ、ポストモダンだと、いろいろやってきたんだけど、虚しさが日々強くなってしまう。

鳥居　もっと厳しく言えば、新しいものの紹介と模倣の繰り返しになっちゃう。怒られるだろうけど、これは明らかに〝前衛〟ではなく〝後衛〟だものね。それによって得たものも大きいだろうとは思うけど。

丸山　その指摘、ものすごくよく分かる。気付くのが遅すぎたのかもしれないけれど、いまさら仏像を彫るわけにもいかず、韻文でものを書くわけにもいかないところまで来てしまっていたんだよね。

鳥居　それでも、それが丸さんの役割だったんじゃないかなあ。川崎詩人会だっけ？貴方の仲間が大勢いる拠点みたいなところで、その役をやるよりしょうがない立場だったんだと思うよ。いい悪いは別にして、それに触発されて育っていった若手の人たちは大勢いるんだからね。

丸山　忸怩たる思いだけど、そうするより手がなかった。個人的には最後の最後へ来て、わずかに修正できたかもしれない。

鳥居　いや、それだけでも充分さ。自分の向きを変えて、しかも最後まで若い連中に、ポケット一杯に〝詩篇〟を突っ込んで、惜しげもなく、ところ嫌わず振り撒くことの大切さを教えていたんだもの。

丸山　そう言ってもらえると嬉しいけれど、針生一郎が生きていたら、またぐちゃぐちゃ批判されるに違いないんだ。問題はポケット一杯に詰め込んだ詩篇が〝ゴミ〟みたいなもじゃしょうがないってね。

鳥居　うむ、確かにその問題はあるけどさ、僕は「曼荼羅の宇宙」の出版記念会で針生さんがスピーチをしてくれた後、彼に言ってやったんだ。「確かに〝ゴミ〟かもしれないけれど、いまや〝ゴミ〟は、現代アートの主役になっていますよ」って。

丸山　ギャッ！　そんなことを言ったの？　怒ったでしょう。真面目な人だから。

鳥居　いや、怒ったのはこっちの方なんだ。丸さんをバカにする気かってね。彼は一生懸命「鳥居さん、それはねえ」と、またぐちゃぐちゃ語っていたよ。誠実な人だって分かるんだけど、こっちは聞く耳を持たないんだ。そんなことは分かってらあ、何が芸術だ、それがどれほどもんじゃ。われながらムチャクチャだけどね。（笑）

丸山　僕なんか劣等感の塊のような人間だから、とてもそんなことは言えない。でも、礼節知らずであることは確かで、そう言える鳥居さんに羨ましいというか、同感することが出来る。いわゆる〝芸術〟と呼ばれるものの認識の仕方が〝真面目〟な人と〝無頼者〟とでは違うということかな。

鳥居　そういうこと。身過ぎ世過ぎは何でもやるけど、いわゆる〝普通〟というものに対する反対の姿勢だけは、死守しなきゃいけないんじゃないだろうか。また、自分たちと認識が違う人たちに反発するだけじゃなく、いい部分を学ぶことも必要だと思うけどね。なかなか両立は難しい。

丸山　分かっていることはただ一つ。決して、いわゆる〝偉い人〟になっちゃいけないってことかな

あ。皆に叱られるんだけど、そう思って生きてきたような気がするんだ。（笑）

鳥居　死んじゃったらいいこと言うじゃない。偉くなってもいいけど、決して〝いわゆる偉い人〟になっちゃいけないよ。世の中は、そういう〝偉い人〟になれって教えるんだから困るんだ。（笑）

丸山　そして多くの人は〝いわゆる偉い人〟になりたがっているんだからさ、用心した方がいいよ。二人が喋ると、いつもこんな〝非常識〟の世界に入っちゃうわけだから、ある意味で〝反語〟だという注釈でもつけなきゃ、マトモな人には誤解されるし、決して理解されない。お釈迦様だろうとキリストだろうと、他の誰だろうと、それがどうした、というところまで行っちゃうんだからね。（笑）

鳥居　そうだよね。悲しいなあ。これも一重にわれわれの表現力の拙さなんだから反省しなくっちゃいけないんだろうね。でもさ、丸さんが言う〝その他の誰でも〟に入るんだろうけど、われわれの中に骨がらみになっている孔子様というのがいるじゃない。これが困るんだなあ。（笑）

丸山　困る、困る。最近の若者は、孔子サマをご存知ないようで「アナゴ」と読むやつもいて、これも困るんだけど、とにかく、孔子サマのおかげでどれだけ不自由な想いをしてきたことか。（笑）

鳥居　四十にして惑わず、なんてとんでもない。いまだって惑いっ放しだよ。

丸山　ハハハハハ。僕なんか死んじゃっても、まだそれですよ。それなのに〝道徳〟って奴で拘束される自分がいる。いや、もうやめましょうよ。われわれはどうしようもない劣等生なんだから。（笑）

仕事と麻雀と同人たち

鳥居　新聞社の一室の隅に机を借り、エディトリアルMという会社をでっち上げて二人が仕事をしていたとき、こんな話ばかりだったねえ。仕事の話なんか少しもしなかった。

丸山　新聞を作る仕事なんて、全くの未経験者だったから、鳥居さんに負んぶに抱っこで迷惑をかけたんだろうけど､僕にとっては初めてのマトモな仕事で、あらゆる意味でいい勉強になった時期でした。

鳥居　そんなことはない。最初の一年ぐらいで仕事は覚えてもらったから、後は全部任せっぱなし。ずいぶん苦労を掛けたんでしょう。毎月、一定量の仕事があって、年に一、二回大きな儲け仕事が入ってくる。丸さんに三十四万五千円の給料とボーナスが出せて、いい気持だった。

丸山　数年後にバブル崩壊。仕事が極端に減ってくる。鳥居さんが見切りをつけて僕に会社を譲り、身を引いてくれたんだ。毎月の稼ぎが僕の給料と横浜からの交通費・雑費・諸経費にも足りないぐらいになっちゃって、その埋め合わせに、ずいぶん迷惑をかけた時期が続いたなあ。

鳥居　ちょうど新聞社が平河町から港南に移転することになって、譲るのにいいチャンスだったんだ。好景気の時に荒稼ぎをしたプール金も少し残っていたしさ。

丸山　一人だったら何とか食っていけると判断されたんでしょう。誰でもできることじゃない。

鳥居　いや、その頃の僕は自分の仕事が忙しすぎて困っていたから、逃げ出すのにもいいチャンスだったんだよ。
丸山　とにかく、以後、数十年、曲がりなりにも僕がやってこられたのも、鳥居さんのおかげだと思っているんだ。その後も年に一、二度ある儲け仕事の時は助っ人で、全部仕切ってもらったし、こと、仕事に関しちゃ世話になりっぱなしだった。
鳥居　そんなことはない。丸さんが居てくれなけりゃ、僕はいわゆる金を稼ぐ仕事でブッ倒れて、とうの昔に死んじゃっていたよ。丸さんと違って、決して天国入りは出来なかったろうねえ。（笑）
丸山　あ、皮肉を言われている。「地獄も閻魔様に嫌われて入れてもらえないだろうから冥府魔道を行くよりしょうがない」というのが鳥居さんの口癖だったね。（笑）
鳥居　うん、最近、衰えて気が弱くなっちゃっているけど、今でもそう思っている。冥府魔道の横町の赤提灯で、芦川喬が待っていてくれるはずなんだ。彼のことだから博打でインチキがバレて袋叩きに遭っているかもしれないけどね。（笑）
丸山　ああ、彼の麻雀は面白かった。あんな打ち手はもういないだろうな。われわれシロウトにも容赦なくインチキを仕掛ける。インチキの〝正統派〟だったなあ。
鳥居　ほう、丸さんも見抜いていたか！　僕みたいなカモは、ひっくり返ってもかないっこないんだ。でも、バレているところが可愛いね。そこへ行くと丸さんは来るところへ来るとドンと勝負する本当の雀士だった。あれはお父さんの〝血〟かなあ。

丸山　そうかもしれない。でも、どうでもいいや、という思いがいつもあるから強気になれる。

鳥居　怖いぐらいだったよ。だから用心し過ぎてかえって振り込んじゃう。（笑）

丸山　鳥居さんは振り込むことを楽しんじゃっているようなところがあって、かえって薄気味悪い感じがした。後ろで見ていると、上がっているのに上がらないんだものねえ。あれはないよ。困るよ。（笑）

鳥居　何やってんだかねえ。恰好つけたんじゃないの？

丸山　八十歳以上の同人が十三人になったそうだけど、すぐに半数以上になっちゃうね。

鳥居　うん、来年は二十人を超えるんじゃないかな。まあ、年齢じゃないんだけど、現実の気力、体力の衰えが若い人たちにも伝わるんだろうなあ。盛り上がりがないことおびただしいという状況にあることは事実だね。頑張ってみるけどさ。

丸山　お願いします。鳥居さんが本当にこちらに来たら、こちらで「裸木」やりましょうね。それまでには仰せの通り〝天国改革〟をやって、地獄より刺激的なところにしておきますからね。（笑）

鳥居　ありがとう。頼みますよ。じゃ、今日はこれくらいにして、また、ちょくちょくお邪魔することにしましょう。

丸山　尚

——maruyama hisashi

ミニコミの理想と正義のため生きた！

第四次「裸木」第三号からの同人だが、大学時代の親友ともいうべき仲間で、公私ともに私の兄貴分の存在だった。卒業したら二人だけで「裸身」という同人誌をやろうと話し合っていたが果たせぬまま、三十年後、ようやく〝同人同志〟となった複雑な経緯がある。

彼は弁護士・正木ひろしに傾倒し、すべての事柄に、真実を見つめ、全力を尽くす〝正義漢〟としての生き方を貫いた。日本ミニコミセンター代表、交鈴社社長、丸正事件後援会事務局長、住民図書館館長などの肩書が示す通り、常に優しく弱い者の立場から発言する姿勢は、今でも多くの人々に敬愛されている。「ミニコミ戦後史」など、三十六冊の著書を私はまだ読み切ってはいない。

〈**発表作品**〉「塑像仏の棲む郷」「草莽の昭和①」「草莽の昭和②」「草莽の昭和③」

生きているうちが花なのよ

長いパーキンソン病との闘い

鳥居　訃報を聞いて、ついに丸山も死んだんだな、と思ったけど、まったく実感がないんだ。それがずっと続いていて、変わらないのが不思議だな。長い闘病だった。

丸山　会ったのは、もう六年ぐらい前になるか。お前が日吉まで来てくれて、オレが下田町の公園でハーモニカを吹いて聴かせたのが最後だったような気がする。

鳥居　うん、これが下手糞で聴いちゃいられなかったんだけど、あんまり一生懸命吹くもんだから、我慢していたのを覚えている。オレは元気だ、というところを見せたつもりだったんだろ。（笑）

丸山　まあな。もう、あの頃は体がボロボロでさ。パーキンソン病の悪化と糖尿病から来る諸症状で、正常な日常生活は人の助けがなくちゃ出来なくなっていた。その二、三年前だったか、秩父のお前の家に金子勝昭さんや近山恵子さんたちと一緒に行ったのが、遠出の最後だったからな。

鳥居　もう歩行困難で、芝桜を見るために羊山を登るお前の姿が痛々しかった。帰り道の下りはもっと大変で見ちゃいられない。知らん顔をして先に麓の蕎麦屋で辿りつくのを待ってたんだ。辛かったな。

丸山　必死だった。オレの人生には色々なことがあったけど、あの時ほど怖かったことはなかった。

鳥居を恨んだね。這いつくばるようにして下りながら、でも自分がまだ生きているんだと実感したよ。

鳥居　オレ、冷たい人間なのかなあ。お前が死んだらワーワー泣くだろうと思っていたんだけど、何ともないんだ。関憲治が三年前に死んだときもそうだったんだよ。丸山と関の二人は、どうしても死んだと思えない。そばに生きているって感じなんだ。

丸山　関憲治か。お前の保護者のような男だったなあ。彼がいなきゃ鳥居は何もできない虚弱な弟のような感じで、箸の上げ下げまで指導されていたからな。（笑）

鳥居　うん、心配で見ちゃいられないって言うんだ。いや、実際、彼がそばにいてくれなきゃ、オレは学生時代、寮での日常もおぼつかなかった。それと同様に丸山もオレの面倒をみるのが大変だったろう。世間のことがまるで分らない人間だから。（笑）

丸山　まあな、関憲治ほどじゃないにしても、気が気じゃないという感じはあったな。お人好しというか、損得勘定が出来ないというか、思い込んだら命がけというか、バカは死ななきゃ治らないという部分が分かる人間にとっちゃ困るのよ。（笑）

鳥居　ハッハッハ。それはむしろオレが二人に言いたいんだけどさ。とにかく二人のおかげで曲がりなりにも自分はこの年まで生きてこられたんだ、と、つくづく思うな。俗に言えば〝世話になった〟のよ。オレは姉弟の〝長男の末っ子〟だし、二人は大勢いる兄弟のちょうど真ん中で育った〝ナカ兄ちゃん〟だからな。

丸山　うん、それはある。一番上の兄貴とは親子ほど年が離れているから、弟たちの面倒はオレが見る立場なんだ。関憲治も鳥居を見ると「ええい、面倒はオレが見てやる」って気持ちになるんだよ。その気持ちは分かるんだが、お前は出来が悪すぎて、ちょっと目を離すと、とんでもないバカなことを一生懸命やっている。こりゃダメだ、と気が休まらなかったろうよ。（笑）

鳥居　大腸癌の手術が成功し、元気に社会復帰して四、五年は良かったんだ。それが肝臓に転移して入退院を繰り返すようになり、見舞いに行くと「オレはもういいけど、鳥居だけが心配だ」って言うんだ。オレはオレで「早く良くなって、酒を飲みたいな」って言うもんだから困ったらしい。

丸山　お前は本当にバカだよ。ケロリとして死にそうな相手に本気でそう言うんだから困った奴だ。ハーモニカを聴かせた時も、その後、駅前で生ビールを大ジョッキ二杯飲ませられた。缶ビールの小を一本以上飲んじゃいけないって言われていた時だよ。

鳥居　それを嘆いていたからさ。思う存分飲ませたいじゃないか。二杯で「もう、やめとくわ」というお前が情けなかった。何杯飲もうと結果には変わりなんかあるものか。やっぱり、それほどまでに命は惜しいものかな？　煙草もやめちゃっていたしな。

丸山　そういうものさ。なんたって死んじゃったらおしまい。生きているうちが花なのよ。それが鳥居には分からんらしい。とにかくお前、煙草はやめろ。肺気腫の第三期とか言っていたろ。ダメだ、ダメだ。

鳥居　関も最後の頃は会うたびに「煙草をやめろ」ばっかりだった。酒も煙草も彼に教えられたんだよ。こんなまずいもの嫌だったんだけど「酒と煙草をやらない奴は男じゃない」って厳しく仕込まれたんだ。そばでじっと見ていてさ。「お前は煙を肺まで吸い込んでいない」と叱るんじゃ。それが数十年後、やめろと言われたって困る。

丸山　悪いって気が付いたんだ。すぐにやめさせなければならないと彼は思ったんだよ。言うことを聞かなくっちゃ罰が当たるぞ。本当に困った奴だ。（笑）

鳥居　でも、まだ酸素ボンベが必要でないしさ。オレより軽くて煙草やめた奴がボンベを背負うようになっている。煙草じゃないんだよ。酒だっていつもゲーゲー吐いて苦しんでいたのに、厳しく覚えさせられたんだ。いまさらやめられるもんか！（笑）

丸山　そりゃ、そうだ。でも煙草はやめてくれ。オレはともかく、関憲治のために長生きしてくれなきゃ「心配で往生できそうもない」って彼なら言いかねないぜ。

鳥居　うん、分かった。自然に量が減っているしな。一日百本あまり喫っていたのが二十本ぐらいになっちゃったし、酒だってビール二本と焼酎の梅干し入り水割り三杯も飲みゃ眠くなっちゃう。大丈夫だよ。でも、いけねえな。こんな年寄りの話をするために、今日、わざわざやってきたんじゃねえんだ。もっと大切な話をしよう。

丸山　いや、これだって大切な話なのさ。死んだ者の話は心して聞けよ。お前は本当にオレの話を真面目に聞かない奴だ。（笑）

夢に終わった二人の同人誌

鳥居　まず、丸山尚を知らない同人が多いので、死んだのを機会に改めて紹介しなきゃならないと思うんだ。同じ大学、同じ学部の同期生なんだけど、接点は三年生になるまではまるでなかった。

丸山　うん、オレはバイトに忙しい苦学生、卒業までに五年かかった。だから、オレは鳥居より一歳年上だし、お前のような何の苦労も知らないようなボンクラとは違うんだ。だけど、お前と話をしていると、何だか辛い現実を忘れさせてくれるような感じがあって「世の中には、こういう人間がいるんだ」と思うようになった。

鳥居　オレは「脈動」という同人誌に入っていて小説らしきものを書いていたんだけど、お説の通りボンクラが詰襟を着ているような学生だったな。面倒をみてくれていた関憲治が中途退学しちゃって天涯孤独のような気分でいたとき、丸山が現れた。

丸山　オレが「くらるて」という同人雑誌を始めてからだな。いや、その前からオレは鳥居を知っていたんだけど、お前はオレに気付いていなかっただろう。

鳥居　うん、寮で下諏訪出身の奥山と同室になって「くらるて」を見せてもらって、丸山の書いたものを読んでからだよ。

丸山　違うんだ。オレは「くらるて」を始める前に「脈動」の合評会でお前に会っているんだ。傍聴者歓迎という案内が告知板に出ていたんで、のこのこ出かけて行ったんだよ。どんな連中がいて、どんな話をするのか敵情視察のつもりでさ。お前は末席の方でシャイな感じでみんなに気を遣っていたのが、妙に気になったのを覚えている。

鳥居　あの頃の自分というのは恥ずかしくって思い出したくもないな。でも、いまでもその頃から少しも進歩していないという気がするんだ。そりゃ、様々な体験を経て面の皮が厚くなったかもしれないけど、いまでも何もかも恥ずかしくってねえ。（笑）

丸山　それがお前のいいとこさ。いい年をして青臭いことを平気で言ったり書いたりしてさ。純情そのものじゃねえか。お前みたいな損得勘定が出来ないお人好しを見ていると、関憲治ならずとも面倒をみたくなるもんだ。もっと大人になれよ。（笑）

鳥居　おい、おい。八十歳をつかまえて大人になれはないだろ。これでも相当したたかに生きてきたつもりなんだ。丸山と関が生きていてくれさえすれば、何とか自分もまっとうに世渡りできるだろうと思っていたのに、死なれちゃって困っている。（笑）

丸山　しょうがねえ奴だ。まあ、いくら言って聞かせたって蛙の面に何とやらなんだけど、そういう鳥居がいてくれたおかげで〝人間不信〟にならずに生きてこられたという部分もあることは確かなんだ。（笑）

鳥居　まあいい。とにかく卒業したら二人で「裸身」という同人誌をやろうということになり、それぞれ所属している同人誌仲間たちより二人の方が親密になった。

丸山　その「裸身」は一号も出せないままだったけど、半世紀後「裸木」の同人にしてもらって半分ぐらい実現した。お前が字も書けなくなってしまっているオレに「書け！」と手紙をくれた時は、声をあげて泣いた。家族が驚いていたよ。（笑）

鳥居　書いてくれた時は、オレも泣いたなあ。「草莽の昭和」。お前のルーツ・信州の北辺の飯山を舞台にした雄大な構想の小説だった。昭和という時代を丸山一族の眼から描こうとしたんだろうな。

丸山　うむ、そうなんだけど、構想はしっかりできていても、文章が伴わない。源泉が枯渇してしまったという感じなんだ。

鳥居　そういうことなのかなあ。言葉が油切れを起こしている感じはするんだけど、学生時代の詩情豊かな丸山の良さが無くなってしまったという訳じゃないと思うよ。それまでの半世紀以上も決別していた〝詩の世界〟への回帰に、戸惑っているというか、焦っているという感じかなあ。

丸山　そう、いつ死ぬか分からない、という思いがベースにあって焦るし、長い間、情緒的な文章を書くことなんかなかったからな。それに原稿用紙に書く文字がパーキンソン病の特徴で震えて書けない。大きく書こうとしてもぐじゃぐじゃになってしまって、だんだん小さく蚤のような小さなものになっていって、自分でも判読できなくなる。お前はよくあんな原稿をパソコンに入力してくれたもんだ。

鳥居　それはいいんだ。文章の問題は重要だけど、丸山の場合は特に重要でね。その文章の裏側というか襞のような部分がオレには大切だった。字じゃなくて、その得も言われぬ襞というか、行間に漂う詩情を生む微妙なリズムとでも言ったものが無くなってしまっているのが悲しかったなあ。

丸山　いいことを言ってくれるねえ。悲しいことだけど、五十年あまり小説を書くことから離れていたからなあ。十回ぐらいで完結しようと思ったんだが力尽きた。

鳥居　もうダメだ、勘弁してくれと言ってきたときも泣いたなあ。でも、よく頑張ったよ。お前のような偉い奴が「裸木」に必死で書いたんだ。死んじゃったんだから手放しで褒めるけど、お前は偉大なジャーナリストであり、編集者だったよ。

丸山　そんなことを言ってくれるのは、鳥居だけさ。オレは本音を言えば〝詩人〟と呼ばれて死にた

かったんだけどな。（笑）

鳥居　うむ。その気持ちは分かるけど、丸山は〝正義の人〟だからなあ。当然のことながら、現実に密着した部分で正義を貫こうとするから、常に目の前にある矛盾と格闘する形を取らざるを得ない。正しいとは思うけど、文芸の領域から遠ざかる宿命にあった人間のような気がする。

丸山　雪深い信州・飯山の百姓だからな。常に厳しい現実というものと闘わなきゃ生きてゆけない。社会の矛盾に対して怒りをぶっつけるには、文芸なんてまどろっこしいことをやっちゃいられないということの方を優先しちゃうのさ。

鳥居　その気持ちは十分に分かるし、偉い奴だと感心するんだけど、そうなったのは丸山が「現代の眼」の編集者になってからだろうな。鈴木均という編集者の影響が大きかったという気がする。彼に出会ったことで丸山は自分がやらなければならないことを明確に見つけたんだ。もう、同人誌「裸身」なんて甘っちょろいことをやっちゃいられない。そんなことは鳥居の馬鹿に任して、ジャーナリズムの世界で暴れてやるという気迫に満ち溢れるようになった。

丸山　うん、鈴木均ちゃんの存在は大きい。編集者というものがどうあるべきかということを教えてくれた先生だと言ってはばからないけれど、彼も人間だし弱点もある。そのうちオレの方が面倒をみるような立場になったりして、妙な感じもあるんだ。でも、大筋のところは間違っちゃいない。確かに均ちゃんによって育てられたんだ。

鳥居　その均ちゃんと丸山とオレとの三人は高円寺、中野、新宿で頻繁に飲み歩いた時期があったから、オレも薫陶を受けた一人なんだろうけど、二人はジャーナリズムの問題ばかりを語るし、オレは文学の話ばっかりだから、なかなか噛み合わない。

丸山　そうだよなあ。ジャーナリズムと文学というテーマになれば噛み合うんだけど、それはほんの一部のテーマで、鳥居はもどかしかったろう。もっともっと現実にジャーナリズムが直面している問題がいっぱいあったからね。お前に酒を奢らせて、均ちゃんとオレとは勝手に議論ばっかりしていた。申し訳なかったなあ。

鳥居　いや、それも大いに刺激にはなったさ。でも、二人ともどうしてももっと大切な文学を語らないんだろう、同人誌をどうして作らないんだろう、という不満はあった。若かったし、何も現実のことを知らないバカ者だったからね。（笑）

人生の師・正木ひろし弁護士

鳥居　そしてもう一人、正木ひろし弁護士。丸山は〝人生の師〟だと言っていたな。数々の冤罪事件をひっくり返したこの人との出会いも「現代の眼」だろう。

丸山　並の人じゃない。死んだ人の墓を掘り返して真実を証明して見せる人だからね。鬼気迫るほどだった。オレもこのような人間として生きなきゃならないと、必死になって学んだ最大の師だね。

鳥居　偉いなあ。感心したよ。正木さんが丸正事件で冤罪の死刑囚を救うために真犯人を名指しで告発して、逆に名誉棄損で訴えられ、弁護士資格を剝奪されちゃったら、後援会を組織して盛んな活動を展開した。森永英三郎弁護士や朝日新聞の名物記者・矢田喜美雄さんなどを巻き込んだ。

丸山　金子勝昭さんや鳥居にも参加してもらって三島まで行き、新証拠を探そうと素人探偵まがいのことまでやってもらった。正木さんが途中で亡くなり、残念な事になってしまったが、事実上は丸正事件の再審と言ってもいい結果で、冤罪の二人は釈放されたし、正木さんと一緒に名誉棄損の被告人になった鈴木忠五弁護士は名誉回復できた。まずは満足しているんだ。

鳥居　伊藤整さんが後援会の会長になってくれた日のことを覚えている。市ヶ谷の吉行淳之介さんの家で会合していたとき、伊藤さんがお見えになって、丸山が「会長を引き受けてくださったので鬼に金棒だ」と言い、当時のベストセラー「氾濫」を「伊藤さんの新境地を開いた小説だ」と褒めたら、身を揉んで恥ずかしそうにテレていたのが忘れられない。あの大作家をつかまえて、面と向かってそんなことが言えるのは丸山ぐらいなもんだよ。

丸山　とにかく一生懸命だったからね。あれは下山事件の他殺説などで朝日新聞の名物記者だった矢田喜美雄さんらが熱心に動いてくれたおかげで、本当にありがたかった。

鳥居　話が前後することになるけど、その頃は、もう丸山は「現代の眼」を飛び出して日本経営協会の月二回刊の通信誌の編集長を経て、現代ジャーナリズム出版会の編集部長で目を見張るような仕事を続けた後、独立して交鈴社という出版社の社長になっているんだ。いや、もう仰ぎ見るような人間になっていた。（笑）

丸山　からかっちゃいけねえよ。ただ必死で一生懸命やってただけさ。ジャーナリズムというものを考えると、経営者と編集者というものを徹底的に変質させなきゃダメだということに気付いてエディタースクールの開校を目指す谷川雁の弟・公彦と組んで夢中で飛び回っていた頃が一つの大きなエポックだったね。確かに「現代の眼」で目覚めさせられ、日本経営協会の仕事で広がった人材との交流で成長し、開校なった日本エディタースクールとともに、その出版部・現代ジャーナリズム出版会で、これをと思う本を出し続けた頃が花だった。

鳥居　そうだね。日本経営協会で出していた「ＮＯＭＡプレスサービス」で人脈が大きく広がったという気もするなあ。政治、経済、社会、娯楽全般にわたって、毎号三十人ぐらいの執筆者と交流するわけだ。月二回刊だから毎月六十人の新しい各界のトップレベルの人間と触れ合わなくちゃならないことになる。

丸山　オレは日本経営協会を辞めてジャーナリズム出版会に移る時、なかなか離してもらえなくて、その頃、茶華道界の新聞の編集長をやっていた鳥居を無理に引っこ抜いて後釜に据えて脱出できたんだから、お前は内情をよく知っているわけだ。

鳥居　うん、オレも最初は苦労したけど、ここでいい勉強をさせてもらったよ。政治や経済なんか何も分からない人間だったからな。広く、浅くだけれど、各界の人脈を作るという意味じゃ、ありがたかった。右から左まで編集者として対等に渡り合えるし、作家や芸能人まで、いくらでも親しくなろうと思えば付き合うことが出来る。

丸山　うん、この時期も大きい。ことに文藝春秋の金子勝昭さんと親しくなって「明日のジャーナリズムを考える会」を始めてから目が開いた。出版人や編集現場の人間の質を高めればジャーナリズムも良くなるという意識がエディタースクールの発想と結びついて充実した毎日だったよ。

鳥居　そういう進路の段階にも鈴木均の影を感じるんだけど、丸山が均ちゃんと社会心理学の石川弘義さんとの共著「社内報―サラリーマンのジャーナリズム」というのを出したことがあったろう。まだ二十代だったんじゃないかな。その頃からもうジャーナリズムの世界じゃ権威だった。

丸山　よく覚えているな。まだ、日本経営協会にいた頃で、各企業の出す社内報やPR誌、官公庁の出す広報誌の指導をするわけだ。マスコミじゃなくてミニコミの世界からジャーナリズムを変えていくという発想で、オレみたいな若造が講習会の講師をやらせられるわけだ。これが後の日本ミニコミセンターに結び付いてくる。鳥居が感じたように均ちゃんの影響は大きいよ。

鳥居　丸山の後を継いで「ＮＯＭＡプレスサービス」の編集長をやらせられたわけだけど、大企業のサラリーマンが社内報の編集担当をやらせられて困っているのをつぶさに見てきた。編集企画から校正実務まで相談に来るんだよ。年配の立派な課長クラスが小さくなって教えを乞いに来るんだ。

丸山　社内報を出していない企業は、企業じゃないと言われるほどのブームがあったからね。昨日まで会社の仕事をバリバリやっていたのが社内報を作れと言われれば戸惑うのは当然さ。そういう連中に上意下達の読みたくもないような社内報を作っちゃダメだ、社員が面白がって読むようなものを作れと指導するんだから大変だよ。

鳥居　大変な啓蒙だね。社内報の担当なんて左遷か落ちこぼれの仕事だと思っているサラリーマンに、物凄く重要な仕事なんだと意識改革をさせてゆくんだ。事実、やりがいがある仕事だと目覚めて頑張り〝出世〟する人たちも大勢出た。そういう時代だったともいえるけど、社内報ジャーナリズム花盛りの時代を創ったわけだよ。

丸山　社員全員登場主義とか特集テーマ主義なんて編集方針で、読んで楽しい社内報になれば、経営者も変わるし、社員も変わる。会社の業績も上がるわけさ。池田喜作さんがやっていた社内報コンクー

鳥居の結婚式で（右から２人目丸山尚さん）

ルの審査員なんかもやらせられた。

鳥居　オレはフリーになってから広告代理店を通してだけど、自動車会社のＰＲ誌の製作をやって、宣伝臭のない月刊の読み物雑誌を作ったんだ。最初は抵抗があったけど、すぐにその方が効果的だということに気がついてくれて大成功だったね。

丸山　今じゃ当たり前の常識になっているけど、まだ当時は社長の訓示とか、商品の宣伝ばかりを載せるのが社内報、ＰＲ誌だという時代だったんだ。かなり我々は時代の先端を行っていたのかもしれない。

鳥居　そういうことになるか。自慢話のようになっちゃったけれど、まあ、いろいろな人材と巡り合って、どんどん丸山が成長して活躍するのが嬉しかったなあ。中でも安田武さんとの出会いが大きかったという気がするんだけど、どう？

丸山　彼とは気が合ってねえ。戦後文学論で華々しく登場した評論家というより、気安い兄貴という感じだった。酔っぱらって〝義兄弟の盃〟を交わして、オレの原稿依頼は何でも受けてくれて助かったよ。長く生きていればと惜しまれてならない。

鳥居　職人物を書かせたのも丸山が最初だろう。あれが良かった。で、オレも彼に原稿依頼をしたんだけど、売れっ子でとても書く時間がないので断られたんだ。それで丸山の名前を出したら「あんたは丸山の親友か」と言ってすぐに書いてくれた。

丸山　そういう人だった。自分で言うのはおかしいけど、オレと同じ感覚の正義の人で、反骨の精神を貫く魅力だろうな。マスコミに媚びることなく真っ直ぐに自分を貫いた稀有な評論家だったなあ。

日本ミニコミセンターの設立

鳥居　エディーター叢書を精力的に出し続けた現代ジャーナリズム出版会の時代も凄かった。芥川賞作家の日野啓三さんに「ベトナム報道」を書かせてさ。原稿が下手だと言って勝手にどんどん手を入れてしまうという芸当までやってのける。まるで、お前の書いた本みたいになった。作者がよく怒らなかったねえ。

丸山　怒ったさ。でも、直された方が良くなっていると言って許してくれたよ。編集者としては当然のことだ。初期の頃に出した松浦総三さんの「占領下の言論弾圧」も「若造の編集者に文章を直されたが、直されてよくなった」と納得してもらった。

鳥居　草柳大蔵の「マスコミ新兵」なんかも印象深く残っている丸山が作った本だ。かの草柳を掴まえて〝新兵〟呼ばわりするお前を誇らしく思ったねえ。

丸山　お前だって、三十歳を過ぎた頃から編集者として目覚め始めたじゃないか。オレのやり方とは違う形で書かせる相手にアプローチしてゆくのを見て、あれっ、と思うようになった。丸谷才一や早坂暁に随筆を安い原稿料で書かせている。ある時期のこの二人に大出版社でもない編集者が原稿を取るのは難しいはずなのに。

鳥居　あれはさ、丸谷さんは國學院での恩師だし、早坂さんは新聞社で編集長と新米記者の関係だったから個人的なつながりがあったんだよ。恩師と上司は弟子や後輩の面倒を見るものだと、自宅や仕事場に押しかけて口説いたわけさ。物理的に無理なはずなのに「お前さんにゃかなわない」と言って書いてくれただけだよ。（笑）

丸山　お前の少年のような邪心のない〝つぶら瞳〟に負けたわけさ。そういうところが鳥居にはあるんだ。随筆を書かせられなかったのは、井上靖と岡本太郎ぐらいだと嘆いていたのを聞いて驚いたなあ。お前は変な奴だよ。恥ずかしそうにしていて押しが強そうには見えないんだけど、お前の術中にはまって書かせられるんだろうな。

鳥居　何しろ月に三十本ぐらい著名人に原稿を書かせなくちゃならない。専門的なものはダメなんだけど、随筆だったらいくらでも書けるから、会って話を聞いてまとめて名前だけ借りることも多かった。芸能人の場合はほとんどそれだったね。

丸山　フリーのエディター・ライターになってからのお前は、信じられないほどの仕事量をこなしていたな。新聞、雑誌、単行本、パンフレットなど、全部一人で書いて、割り付けて作り上げてしまう。あんな芸当はオレにはできないよ。（笑）

鳥居　おい、おい、オレの話はどうでもいいんだよ。日本ミニコミセンターを設立してからの苦労話に移ろう。新橋のビルの最上階6階までエレベータなしで昇って行くという大変なところだったね。

丸山　うむ、5階のビルに1階継ぎ足したというか、置いただけの部屋だからね。雨が降れば水浸しになるようなひどいところさ。でも資金が足りなくて東京のど真ん中じゃ、こんなところしか借りられない。

鳥居　それでも意気軒高だった。すぐに「これじゃダメだ」というんで飯田橋の朝日ビルに移ったけどさ。そりゃ、資金の問題が大変だったろう。丸山は私財を投げ打ってミニコミセンターは出来たんだ。

丸山　私財と言ったって何もありゃしない。女房がコツコツ溜めた貯金まで全部つぎ込んで儲けにもならないバカなことを始めたわけさ。日本のジャーナリズムは金儲け優先のマスコミばかりだから真実が伝わらない、ミニコミにこそ本当の民衆の声がある、と決めつけて鼻息だけは荒かった。

鳥居　そこにも正木ひろしの影響が伺えるなあ。本当の市民運動、住民運動や個人の発行するミニコミにこそ、真実があるんだという姿勢が多くの良心的なジャーナリストや編集者、学者たちの共感を呼び、ミニコミブームを巻き起こした。

丸山　しかし、こんなことを一生懸命やってちゃ飯が食えないんだよ。背に腹は代えられないから交鈴社の定款を変えて、事業として金塊を売るような仕事までやった。記念の金貨を作って一個五十万円で売りつけ、利殖になるという詐欺まがいの事業さ。

鳥居　うん、やった、やった。オレも買ったし、親父や知り合いの金持ちに売りつけたからな。インチキじゃないから堂々と胸を張って売れたし、事実、利殖として金ブームが何回かあったとき、高く売れて感謝されたケースもある。（笑）

丸山　お前には世話になった。鳥居の協力が無けりゃ、ミニコミセンターも交鈴社もすぐに潰れていたよ。エディタースクールの時も株主になってくれて、お前の親父の出資と合わせりゃ筆頭株主だったんだよ。三人の社員も皆、お前の手配で集めてくれた。

鳥居　オレは仲間を社員に送り込んでいたので、交鈴社を事務所代わりに使えた。フリーになってからは自宅が仕事場だったんだけど、自宅じゃ仕事は出来ないものでね。

丸山　実質的に交鈴社の重役なんだからさ。大威張りで使えばいいものを、毎月の事務所代を負担してくれたりして、お前は本当にバカだよ。もっともオレは苦しいものだから、それにも甘えていたけどさ。世話になったとつくづく思う。

鳥居　何を言うか。丸山は大人でオレはガキなのよ。関憲治じゃないけれど、心配で見ちゃいられなかったろう。オレだって同人誌を作って「これもミニコミだろ。丸山も早く参加しろ」と言っていたつもりだったんだ。きっと辛かったろうよ。

丸山　確かに意地悪されていると思ったことさえある。ところが鳥居には、そんな気持ちは毛頭ないんだ。ただオレに詩を書かせたかっただけなんだ。それが分かるだけに余計辛くってさ。困ったよ。

鳥居　それどころじゃないものな。一方的なマスメディアの在り方を問い直す闘いをミニコミを通して一生懸命やっている丸山を見ていて、やはり正しいと思うもの。出来る限りの支援をしたくなるじゃないか。

丸山　だからさ、さらに辛くなる。でもミニコミを発送する郵便料金の値上げ問題での闘争の方が、同じミニコミでも同人誌づくりに精を出すより、オレにとっちゃ重要問題なんだ。新宿の歩行者天国でミニコミ市を開いてアピールするために東奔西走しなきゃならないんだ。勘弁してくれ、となる。

鳥居　やったねえ。新宿の大通りでの大ミニコミ市。紀伊国屋前から伊勢丹の角まで全国から集まったミニコミの祭典となった。「我々は新宿を解放した」なんてビラも配られて大いに盛り上がったねえ。

丸山　あのビラは模索舎の五味ちゃんたちがやってくれたんだ。でも新宿警察の公安が大勢目を光らせていてさ。成功に気をよくして第二回目を開こうとしたら公安から弾圧された。道交法違反だ、またやるなら許可を取れという事になる。

鳥居　あんたが怒ってさ。われわれは歩行者天国という自由な民衆の庭でお祭りをやるんだ、警察に管理されるなら、それは警察の庭じゃないか、と美濃部都知事に公開質問状を出して抵抗した。同人誌なんてどうでもいいと言う気持ちも分かるよ。

丸山　美濃部は警察と話し合えというのが回答だった。革新都政なんてその程度なんだ。何が道交法違反か。誰にも迷惑をかけたわけじゃない。ミニコミを交換したり、販売したり、説明したりして歩行者天国を楽しむ人たちと交流しただけなのに。

鳥居　後片付けもしっかりやって、丸山が箒と塵取りを持って一生懸命に大通りを清掃している姿が印象的だった。本当に偉い奴だって惚れ直したよ。

丸山　花森安治が「ミニコミ市を締め出そうという動きは許しがたい。それは民主主義の崩壊につながる」と毎日新聞で正しい指摘をしてくれたのが唯一の救いだった。市川房江なんか、美濃部への公開質問状の橋渡しをしてくれたんだけど、「警察がダメというのならダメでしょ」と、トボケたことを言っていてがっかりしたよ。

住民図書館への発展と闘い

鳥居　苦難の歴史の一つだね。以後、ミニコミセンターが住民図書館へと発展し、その館長となってからの丸山は、苦難続きというか、壮絶な戦いの連続だったね。

丸山　何しろ維持費、運営費が決定的に足りない。金の苦労ばかりして拠点もいくつ変わったことか。新宿から始まって平河町、目黒、調布、玉川と移って北新宿に戻ってきたときには経営のプロと称する中津泰道という悪い男にひっかかって、運営を任せたら収入部門のすべての金を持ったまま逐電されて、大きな借金だけが残されたという事件もある。

鳥居　許せない犯罪だね。募金やカンパやボランティアの同志の援助で支えられている住民図書館を食い物にする人間がいるんだなあ。信じられないよ。そのまま杳として行方不明のままなんだろう？

丸山　思い出すのも嫌だね。引っ掛かったこっちがバカだったんだけど、その穴埋めにどれだけ苦労したことか。悪夢だね。

鳥居　住民図書館が出来て二十年目ぐらいだったかなあ。時代も悪かったね。バブル崩壊の時期で、朝日新聞が「住民図書館の存続ピンチ」なんて記事を大きく扱っていたのを思い出す。

丸山　朝日に限らずマスコミは、だいたい好意的な記事を書いてくれていた。東京新聞などは閉鎖が決まったとき「ご苦労様でした。住民図書館」と温かいエールを送ってくれていたしな。心あるジャーナリストというものは、必ずいると思ったね。でも、こちらはそれどころではない。

鳥居　お前は目白短大や和光大、日本ジャーナリスト専門学校などで教鞭をとり、盛んに本を書いて稼ぐんだけど、住民図書館にいくらつぎ込んでも足らなかったろうなあ。そんな中でもお前はいい本を書いていたよ。「ミニコミ戦後史」なんて本は、丸山でなくちゃ書けない貴重なものだ。こんな苦労話をしてもしょうがないか。

丸山　うん、もういいよ。こんな話は「裸木」の同人の皆さんには興味がないだろう。もし関心を持っていただけるなら和光大学の道場親信准教授が「日本ミニコミセンターから住民図書館まで」というオレをインタビューしてくれたリポートを読んでもらう方がいいんじゃないかな。いくら語っても語りきれないものがあるからさ。

鳥居　そうだね。これは壮大な証言の聞き書き、研究報告書ともいえるもので、ネットで検索すれば誰でも全文を読むことが出来る。丸山尚の全貌と同時代のミニコミ史が分かるものになっている。

丸山　四半世紀で力が尽きたわけだけど、住民図書館をここで消滅させてはならないと埼玉大学と立教大学に引き継いでもらうまでは必死だった。お別れの意味を込めて二十五周年記念パーティーを開いたときには、本当に大声で泣いたねえ。（笑）

鳥居　ビックリしたよ。オレはスピーチで「丸山は本当にこれで楽になれるんだな、住民図書館から離れられてよかった。これからは『裸木』に書け」って言ってやった。

丸山　お前はひどい奴だよ。集まった連中はオレが詩や小説を書くなんて思ってもみない人ばっかりなのに、住民図書館の閉鎖が決まって、それを惜しんでいるのに、あんなスピーチをやるんだもの。（笑）

鳥居　吉川勇一が乾杯の音頭を取って、名古屋から久野綾子さんも駆け付けてくれていたなあ。盛大な会だった。心あるジャーナリストたちが一堂に会したという感じかな。オレは丸山を優秀なジャーナリストだと思うけど、それより前に詩人なんだよ。

丸山　まったく困った奴だ。それより前のオレが三十六冊目の本を出して、その出版記念会の時も鳥居は来てくれて「コミュニケーション論とか、マスコミ、ミニコミの問題なんか僕には興味はない。丸山は詩人なんだ。早くオレのところへ帰ってこい！」って物凄い勢いのスピーチをしてたなあ。辛いやら、ありがたいやら。（笑）

鳥居　覚えている。お前の弟分のような報道カメラマン・石川文洋も来ていて、いいスピーチをしていたけど、丸山に文芸作品の書き手になって欲しかったんだろうな。

丸山　ありがたい話だけど、ミニコミに深入りし過ぎて、文芸より直接社会と闘う民衆運動の方に目が行ってしまうようになって、本来の自分ではない道を歩むようになっちゃったのかもしれないな。でも、オレは決して後悔していないよ。

同人誌はミニコミの聖域だ！

鳥居　しかし、同人誌というのもミニコミの一つだろう。マスコミに色目を使う連中もいるんだけどさ。オレは全く関心がない。ただ、飯の種にしているだけでさ。同人誌は聖域なんだ。ここでは商売はしない。そういう意味じゃ、オレも丸山とは違うけど、ミニコミを信じて闘っているんだ。

丸山　そりゃあそうだ。文芸同人誌を日本ミニコミセンターでも住民図書館でも、どう扱うか、どう位置付けるかという問題は避けて通ってきたからなあ。やはり特殊な分野だからね。これから明確にしてゆく必要があるかもしれない。（笑）

鳥居　またこれだ。もう、丸山がそんなことをする必要は、もうないと思うよ。充分すぎるほど生きているうちにやったじゃないか。やることは決まっているだろう。

丸山　お前にゃかなわねえ。死んでからも書け、書けって言われているみたいだ。まあ、いいさ。鳥居、早くこっちへ来い。そうしたらこちらで二人の同人誌「裸身」を出そう。「裸木」でもいいけどさ。オレも暇になったし、そろそろ書いてみるか。(笑)

鳥居　うん、そう来なくっちゃいけない。お前は「裸身」を二人でやろうと言った後「ここにオレが何を書くか、そして鳥居が何を書くかそれが楽しみだ」って輝くような表情で言ったんだぞ。(笑)オレがこちらに来るのも、そう遠い先の話ではないから、待っててくれ。じゃあ、今日はこの辺で。また、ちょくちょく寄ってみるよ。

丸山　おい、おい、もう終わりかい。久しぶりなんだから、ゆっくりしてゆけや。何ならこのまま、ここに居続けてもいいんだぜ。トコトン付き合ってやる。(笑)

鳥居　そうもしていられないんだ。これから帰って「裸木」39号の最後の追い込みをしなくちゃならないからな。この対談も仕上げなくっちゃならん。まだ原稿が書けないで苦しんでいる奴もいるしな。

丸山　そうか、そうか。大変だなあ。でも、さっきも言ったけど、生きているうちが花だからな。頑張れ。そして、関憲治じゃないけれど、煙草だけはやめろ。な！

鳥居　分かった、分かった。三里離れりゃ旅の空だ。それじゃ、また。(笑)

名取　昭

——natori akira

明るく何気なく逃げまくってやるぞ！

第三次「裸木」第四号からの同人。文藝春秋の新入社員当時から、私とは、東京・新宿の飲み屋「郁」で飲み友達となり、昭和50年代に常連たちで出していた小冊子「針の耳」に寄稿する掌編小説の軽妙な作風に注目していた「オール讀物」の編集者だった。

私には「マルコポーロ」や「文春新書」の初代編集長だった東真史さんという〝悪友〟がいて、ほとんど毎日、二人で夜明けまで飲んだくれていた時期があったが、この同人と一緒に飲んだ日々も忘れ難い。文藝春秋には大先輩の金子勝昭さん、若手の神長倉伸義さんにも同人になってもらっているため、同人たちは彼らを〝裸木文春派〟と呼んでいるらしい。

〈発表作品〉「朝の湯通り」「朝の湯通り②」「朝の湯通り③」「なんまいだぶ　ありがたや」「鎌倉・笛田住まい」「蝉丸洋菓子店」「アンペア」「サチ子を背負って」「一列棒状」「深夜のガラゴロ」

もう、怖いものはないんだ！

旺盛なサービス精神

鳥居　久しぶりだねえ。最後に会ったのは、業平橋の傍の蕎麦屋で神長倉さんと一緒に三人で飲んだ時だから、もう、三年以上前になるんじゃないかなぁ。

名取　そんなになりますか。あの頃はもう体がボロボロで、気を張っていないと正常な行動も取れなくなってました。

鳥居　心配していたんだけど、弱みを少しも見せずに日本酒を飲んで、お気に入りの店の女の子にも愛嬌を振りまいているので、安心したんだけどなぁ。

名取　あの子は僕の〝恋人〟の一人で一度、鳥居さんには会っておいてほしかったんだ。どうでした？いい子でしょう。

鳥居　また、これだからなぁ。貴方はサービス精神が多すぎるんだよ。雪が谷大塚の「ちよちゃん」とか川崎・南町の「みよちゃん」とか飲みに行く場所には、必ずお気に入りの〝恋人〟がいるんだから。（笑）

名取　ハッハハハ。でも、そう思っている方が楽しいでしょ。赤提灯の一杯飲み屋のオバさんでも、

恋人だと思って飲んでいた方が楽しいもの。気取ってないで恋人扱いすると相手だって悪い気はしない。（笑）

鳥居　どんなに調子が悪くても、人に会っているときは、めいっぱい明るく元気そうにサービス精神を発揮するんだね。

名取　その前の年には、秩父の鳥居さんの家にお邪魔しましたよね。祐天寺のバーのマスターや客も一緒で楽しかった。

鳥居　うん、うん。その時もサービス精神旺盛で、飲んでる最中にお腹をまる出しにしてインシュリン注射をして見せたり、翌朝は味噌汁を作ってくれたり。

名取　糖尿病が悪化して、インシュリンは手放せなかった。さらに腎臓の悪化で人工透析も欠かせなくなった頃ですよ。

鳥居　見かけは元気そうだから、こりゃ大丈夫だと思って裸木叢書か新書で名取作品を一冊にまとめようという話になってから、急激に悪くなっちゃったんだよね。

名取　その気になって一度は体調まで良くなったんですよ。あれも書いておきたい、これも書いておきたいというものが、いっぱい出てきましてね。一週間ごとに作品を鳥居さんに送り付けたこともありました。

鳥居　最後の「すべて世は事もなし」まで全部で32作品。僕は〝名取節〟と呼んでいるんだけど、名取さんでなきゃ書けない軽妙な短篇傑作だった。

名取　ご苦労をかけました。「あとがき」を書けと、死んじゃう一年前ぐらいまで何度も催促されたけど、それを書くことも出来ないんですよ。肝臓癌の手術を受けてガックリときてしまいました。

鳥居　うん、作者のあとがきと、誰かに序文か跋文を書いてもらおうと人選しているうちに、ついに亡くなったんだ。

名取　申し訳ない。最後の一年は、ただ生きているだけ、という状態だったから。家族にも苦労をかけました。神長倉君が僕の作品のデータ化に協力してくれたという事を、鳥居さんから葉書で知らされて、嬉しかったなあ。そのお礼も言えなかった。

鳥居　奥さんから「あとがき」も「序文」もいらないから、本の形にしてやってくださいという連絡を受けて間もなくだったからね。ついに夢と消えちゃった。

名取　肝臓、腎臓という〝肝腎かなめ〟の部分が正常に機能しなくなって、自分でも生きているのか死んでいるのか分からないような、夢の中にいるような日々が長々と続いたような感じです。（笑）

鳥居　最後に東京ステーションホテルのバーで会いたいという電話をもらって、楽しみにしていたんだけれど、僕の都合でキャンセルしてしまったのが残念だった。

名取　僕は礼装して行くつもりでした。2階にある「オーク」で、鳥居さんと思いの丈を語り合いたかったんだけどなあ。

鳥居　うん、その気持ちはよく分かるなあ。あそこは小さな居酒屋で飲むのとは、まったく別の宇宙がある感じだからね。

名取　一杯飲み屋が好みなんだけど、一度、目いっぱい気取って飲みたいという意識もあったような気がする。（笑）

鳥居　分かる、分かる。僕たち二人は非常に〝高等人間〟だからね。恥ずかしくって一流ホテルのバーなんかで飲めるか、という〝美意識〟が邪魔をする。（笑）

名取　よく似てますね。純情なくせに妙に屈折しているというか、臍が曲がっているものだから人に誤解される。（笑）

鳥居　新宿のスナック「郁」で親しくなったのも、最初は貴方が田園調布、僕が荻窪という〝高級住宅地〟に住んでいるという自慢の張り合いだったんだから面白い。

名取　ええ、こちらは田園調布でも〝裏田園調布〟で、鳥居さんは荻窪でも〝裏荻窪〟であるという事を自慢しながら、キャッキャッ騒いでいましたからね。

鳥居　僕は毎晩「郁」から始めて「点」「用心棒」「忍」「風花」と回るコースが多く、その後、代官山、祐天寺へ流れる。貴方は「郁」から「チャオ」やゴールデン街を回って、後は新橋烏森の「田舎家」そして雪が谷大塚の「とよだ」へ流れる。

名取　本当に無茶苦茶でしたね。締め切りの前後や校了時以外は、ほとんど毎晩飲んだくれていましたからね。57歳で文藝春秋を退社するまで、性懲りもなく。（笑）

鳥居　僕は貴方が新入社員時代から注目していたんだ。当時は文藝春秋は先輩が後輩を飲みに連れて歩く風習が残っていたらしく「郁」で何人かの新人が並んで郁ちゃんや常連さんに「よろしくお願いします」と挨拶させられていたからね。

名取　同期に松井、白幡、庄野がいて、先輩の白石さんや設楽さんに「郁」に連れて行ってもらったのが最初です。以後、郁ちゃんにはお世話になりました。僕の新婚旅行は「郁」だったというのは知ってます？

鳥居　知ってるさ。だって貴方が書いているじゃないの。森ちゃんが作っていた「針の耳」という小冊子に「僕の新婚旅行は『郁』だった」という一文を。

名取　あ、そうか。いや、大変な結婚式でした。始まる直前に控室で親父が倒れて入院騒ぎ。大変だったんですよ。式も披露宴も上の空で、新婚旅行どころじゃなくなっちゃいましてね、同期の連中が手配してくれた「郁」での二次会が新婚旅行代わりになっちゃったわけです。（笑）

鳥居　同期にはえらい人たちがいたんだねえ。松井さんなんか、この六月まで文藝春秋の社長だったんだろう？　週刊文春の編集長、本誌の編集長などをやって、トントン拍子の出世だったたねえ。

名取　彼もよく「郁」で飲んでましたね。鳥居さんには華道の草月流家元・勅使河原霞さんが亡くなったとき、彼から「郁」で取材されていたでしょう？

鳥居　うん、僕は霞さんの花に惚れ込んでいたからねえ。それが縁で松井さんとも親しくなって、僕の出版記念会に来てくれてスピーチしてもらったこともある。

名取　彼が薬師丸ひろ子のファンだったたってこと知っています？　鳥居さんもそうだったでしょ。もう四半世紀以上前の話ですけどね。（笑）

鳥居　そうなんだ。ある時期まではね。彼はその後、工藤夕貴に代わっちゃったんで僕一人が孤塁を守っている。（笑）

名取　いずれにしても古い話で、今どきの話題じゃないな。（笑）しかし、本当に僕の同期の三人は偉い奴らですよ。白幡も取締役になったし、庄野の文芸に対する〝眼〟は、半端なものじゃなかった。僕だけですよ。箸にも棒にもかからない。（笑）

鳥居　そんなことはない。白幡さんとは東真史さんとの関係で、かなり親しかったんだけど、雀荘で顔を合わせる方が多かった。庄野さんはよく知らないんだけど、山本夏彦さんの本の編集で、ただものじゃないと感じたね。でもね、名取さんには編集者としても独特の〝味〟があるんだよ。

名取　またぁ、鳥居さんの褒め殺しだなぁ。誰もそんなことは言ってくれませんよ。自分の興味あることだけしか、夢中になってやらない我儘な性分なんだから。

鳥居　いや、いや、宮脇俊三の「時刻表おくの細道」の同行者として、実にいい味を出しているし、やはり〝只者〟じゃないんだよ。あれは「オール讀物」の編集部にいるときのものじゃなかったかな？

名取　あ、そんなことまで見ていて貰えていたんですか。いや、参りました。でも、あれは宮脇さんが偉いんですよ。（笑）

ラムネの味がする作品群

鳥居　僕と名取さんが〝縁〟があると思うのは、早坂暁さんの担当者が貴方だったことということもあるなぁ。彼とはある新聞で編集長、僕は新米記者という関係で、ずい分世話になったんだ。

名取　ついに早坂さんには代表するような作品を書いてもらえなかったけど、編集者としての触れ合いの中で、いろいろ勉強させてもらいました。彼は若い頃から何度も死地をかいくぐって来た体験があるから、どこか突き抜けたようなところがあって、僕の書くものには影響があるんですよ。

鳥居　軍隊での体験とか、若い頃から病気で余命一年の宣告を受けるとか、体中が〝病気のデパート〟

と言われる人だったからねえ。名取さんには他人事じゃない？

名取　ええ。人間、必ず死ぬわけで、変にあがいてもしょうがない。しかし……というのがあるわけで、彼は一人一人の現状を肯定して、社会批判をこめて書くわけじゃないですか。僕はちょっと違って、なるべく明るく、何気なく……。（笑）

鳥居　芭蕉が言う〝かるみ〟とでも言うのかなあ。東真史さんが貴方の短篇を読むと「ラムネを飲むような感じ」だと絶賛するんだ。あの彼がだよ。そして僕に会わせてくれって頼むんだ。自分の会社の人間なのに、どうして？　って聞いたら「オレは彼に嫌われているはずだから」と言うんで、四谷の飲み屋まで連れていった。

名取　嫌うも何も、当時から東さんは会社では偉い先輩で、僕らは口もきいてもらえないような人でしたからねえ。あの時初めて話が出来たんですよ。でも、僕の書いたものをラムネだ、って言ったんですか。少しも褒めてないじゃないですか。（笑）

鳥居　いや、これは至言だと思うよ。サイダーじゃなくて、ラムネというところが気に入っているんだ。以後も名取さんの愛読者でねえ。「針の耳」には毒舌ばかり吐いていたけど、名取さんのものは毎号、ニヤニヤしながらいい表情をしていたよ。あ、東さんも貴方が亡くなってから、急性悪性リンパ腫で間もなく死んだんだよ。

左から中原誠さん、渡辺淳一さん、羽生義治さん、名取さん

名取　え？　そうですか。愛読者を一人失ったわけですね。でも、僕の書くものなんか、誰も真面目に読んでくれるものじゃないでしょう。確かに読んでくれて、面白いと言ってくれる人は多いのだけれど、ただそれだけのものです。（笑）

鳥居　違うんだ。大きなテーマを緻密に計算して波乱万丈、見事な物語にした作品も、そりゃ立派なものだけど、小さくても切実なテーマを、さらっと描き切るというか、ところ嫌わず撒き散らすような作品も同じ重みがあると僕は思っている。

名取　また、鳥居さんの褒め殺しが始まった。それが東さんの言う〝ラムネ〟ですか。おっしゃる意味は分かるけど、いまどきラ

ムネなんてはやりませんよ。（笑）

鳥居　でも、飲めば美味しいでしょう。あ、こんな美味しいものがあったのか、と気付かされるものがあるでしょう。みんな本当に美味しいものより流行の方が先行するんだ。これは明らかに読者の方が間違っている。旨いものは旨いんだよ。

名取　そうだけど、僕のように思いついたらサラサラサラと原稿用紙に殴り書きして推敲もしないのがいいとは思えない。

鳥居　そりゃ、批判しようとすれば、いくらでも批判できるけどさ。そういう読み方というのは、間違っていると思うんだ。

名取　いくらでも書けるんですよ。原稿用紙に向かって酒と女性と日蓮と鎌倉、京都を題材にサラサラサラとね。誰だってそうなんじゃないかなぁ。しかし、それが〝作品〟というわけじゃないでしょ。

鳥居　そうだけど、貴方の場合は作品になっているんだよ。ペーソスと言うか、えもいわれぬ味があるんだ。昔、樹下太郎という探偵小説家がいたんだけど、その人の作品にどこか似ている絶妙な味があるんだ。

名取　知っています。直木賞候補にも何度かなっているんじゃないかなぁ。何篇か読んでいるけど、佐野洋、日影丈吉さんなどと同じ時代に活躍していた人ですよね。

鳥居　さすが「オール讀物」の編集者だね。劇団なんかも主宰していて、作家という枠で捉えない方がいいんだと思うんだけど、ユーモアでくるんで鋭く本質を突く。

名取　サラリーマン小説の分野に近い人かと思っていました。源氏鶏太さんのように軽くて、スルスルと読ませられてしまう。そこが似ているというんですか？

鳥居　まあ、そういうことになっちゃうのかなぁ。直木賞候補作なんか、松本清張に「好感が持てる」と言わせているからねえ。でも〝軽い〟からいい、というんじゃないんだ。要するに書く人の考えていること、人生観とでもいったものが旨いスープのようになっているとは言えるじゃない？

名取　分かりましたよ。僕のことを本気で褒めてもらっているんだと。でも、所詮、ラムネみたいなもんですけどね。（笑）

鳥居　あ、拗ねて見せたな。これもサービス精神か。でも、貴方はコント風の掌編・短篇だけじゃない。「裸木」に連載した長篇小説もあるんだからね。言い方を真似れば、単なるラムネじゃないんだよ。（笑）

名取　あ、そうか。「朝の湯通り」ですね。忘れてました。第三次「裸木」の途中で、鳥居さんが「もう、やめた！」と怒って廃刊宣言をしちゃったので、同人たちが復刊を願って「繋」という一号を出して、そこで完結した〝大長編〟でしたね。（笑）

鳥居　そう、だからさ、貴方が裸木叢書でも新書でもいいから、短篇集だけじゃなく、２冊出したいって言ってきたとき、「朝の湯通り」も出そうと思ったんだよ。

名取　ありがたい話だったなぁ。それじゃ2冊出そうって連絡を貰った時は、もう、力尽きた感じで、鳥居さんに「よろしくお願いします」と葉書に一行だけ書いて返信したのを覚えています。(笑)

鳥居　ところがさ。あの長篇をパソコンに入力するのに時間がかかって、打ち上げる前に貴方が亡くなっちゃった。あ、いま思い出したんだけど、早坂暁も貴方が亡くなった年の暮れに亡くなったんだよ。

名取　本当に申し訳ない。僕はよく思うんだけど、どうして鳥居さんは、そんな苦労をしてまで同人の作品の面倒を見るんですか。僕だけじゃないんでしょう。手書きの原稿で出す同人は。それを全部、データ化するなんて信じられないですよ。

鳥居　手書きの原稿は同人の半数ぐらい。だいたい毎号二十人ぐらいかな。それでも、それを全部データ化するのも僕の楽しみの一つなんだよ。読んだ後、もう一度、その作品を味わうことが出来るからね。

名取　分からないなあ。いつも鳥居さんと話すとき、この話になるんだけど、そんなことをしていたら、自分のやりたいこと、書きたいこととの物理的に妨げることになりませんか。もっと自分のことを考えた方がいいんじゃないですか。他の同人の作品のデータ化は誰かにやってもらえばいいんですよ。

鳥居　以前は芦川さんという同人に、全部ワープロで打ってもらっていたんだけど、早くに亡くなっちゃってね。いまでも、どうしようもないときは、他の同人にお願いすることもあるけど、その方がかえって手数がかかってしまう場合が多いんだよ。

名取　そうか。自分がデータ化をさせておいて勝手なことを言うようだけど、鳥居さんも年なんだから、無理をしちゃいけません。自分の書くものの方を優先してくださいよ。僕は〝愛読者〟ですからね。

鳥居　いつもそう言って励ましてくれるのは、名取さんだけだよ。ありがたいことだと思うけど、僕は同人の作品を読むことで触発されて、自分のものが書けるんだと、本気で思っているんだ。僕にとっちゃ、同人の書くものが〝先生〟なんだよ。

名取　森ちゃんがやっている「かち」に花田清輝の評伝を連載しているでしょう。あれは鳥居さんの自叙伝のような気がする。「トスキナア」に連載していた坂口安吾の評伝も同じような感覚で読ませてもらいました。本になった折口信夫の評伝「清らの人」も考えてみると〝自叙伝〟なんだ。

鳥居　ありがとう。そう言ってもらえると嬉しいな。折口信夫、坂口安吾、花田清輝の三人だけは、どうしても書き上げてから死にたいと思っているんだ。評伝なんて大それたものじゃなくて、対象に捧げるラブレターみたいなものだけどね。（笑）

名取　世間とは違う基準で生きているというのかなぁ。完全なアウトサイダーですよね。僕もそうなんだけど、もっとありのままの現実を受け入れている気がする。そして宿命的な〝諦め〟とか幻想のようなものに逃げ込むんです。それしか手がない。

鳥居　そんなことはない。角度が違うだけでさ。僕の場合なんか、結局のところナルシズムで終わっちゃっているけど、貴方の場合は受け入れているように見せながら格闘しているもの。諦観のような部分もあるけど、そう見せかけているわけさ。

名取　フフフ、深いですねぇ。でも、そうかもしれない。さっきの早坂さんの話と関連付ければ、根底に人間の〝生と死〟の問題が絡んでくるわけで、それしか書くテーマはないと思ってはいるんです。

鳥居　ハイディガーのように「死へと先がける」とか、偉そうに言わないだけでさ。誰にも分かりやすく、名取作品は〝生と死〟を語っていると言ってもいいんじゃないか、と僕は思っているんだけどね。

名取　おっ、鳥居さんのお得意のハイディガーが出ましたね。日蓮も「臨終のことを習いて、その後、他事を学ぶべし」と言っているし、生より死を優先しているでしょ。僕の場合は、それに気がつくのが遅すぎた、というキライがあるなぁ。(笑)

鳥居　気がついたというか、それが切実な〝名取節〟の〝核〟になっているんだよ。スラスラと読まれてしまっても、心のどこかにひっかかる何かがあるんじゃないだろうか。確かに〝大小説〟じゃないけど、それは立派な〝作品〟だと僕は思う。

名取　また、言いくるめられているんだろうけど、そう言ってもらえると嬉しいな。僕はハイディガーや日蓮のように〝重要〟なことなんか言えませんからね。恥ずかしくって逃げに逃げちゃうのかなぁ。

鳥居　だから、いいんじゃない。それが〝文芸〟だって開き直ってもいいと思う。落語なんて芸は「オチでもつけなきゃ話にならないような話」というところで踏ん張っているわけだしさ。「逃げまくる」というのが真骨頂かもしれないいじゃないか。

名取　過激だなぁ。ハイディガーなんかも、突き詰めれば「死ぬということが一番重要なことだ」と言っているわけでしょう。いわゆる普通の人間を〝ダスマン〟とか呼んじゃって厳しく「頽落している」なんて断罪するんだから困っちゃう。(笑)

鳥居　うん、僕なんか「申し訳ありません。僕は頽落しています」って落ち込んじゃうわけだ。急に〝普通の人間〟の肩を持っちゃって〝俗物〟のどこが悪い、って気にもなる。常に二律背反するんだ。(笑)

名取　その気持ち分かるなぁ。正しいことを言われても反発しちゃうし、かといって俗物にもなり切れない。結果は中途半端に終わって、双方から指弾される。これが僕たちの宿命なのかなぁ。そうか、だから逃げるのか。もっと逃げればいいのか。

逃げて逃げて逃げまくれ

鳥居　マックス・ピカートのように、どこまでも逃げまくるというのも、一つの〝詩〟になるわけで、宇宙も思考も果てしなく広いと考えれば、少しは気が楽になる。という程度に留めておかなけりゃ真

面目な人たちに怒られちゃうけどね。（笑）

名取　ついにまた、鳥居さんに言いくるめられちゃった感じだけど、僕も同感です。でも、口惜しいけれど、やはりハイディガーが言っていることは正しいわけで、彼が〝固有性〟という言葉を使う時、自分を反省しなければならないと思う。（笑）

鳥居　そうなんだけど、そうすると〝名取節〟が妙に真面目になっちゃう。そこは、しらばっくれて適当に躱して「蝉丸洋菓子店」のような幻影の世界に惹き込むのが正解だと思うよ。僕は、あれは名取作品の傑作だと言ってはばからないんだ。（笑）

名取　うっ！　止めを刺された感じだけど、嬉しいなぁ。あれは僕も珍しく丁寧に書けたと満足しているものです。褒め殺しの鳥居さんは信用できないけど、時々、本当のことを言ってくれますね。（笑）

鳥居　僕は正直なんだよ。誰とでも交代のきく「本来性を見失った人間」を「固有性のない人間」とハイディガーは呼ぶんだけど、そこだけは間違っちゃいけないとは思うよね。切実にさ。だから〝何でもあり〟と貴方も僕も逃げるしかない。（笑）

名取　やはり辛いなぁ、そこだけなんですよね。しかし、普通、誰もいつか自分が死ぬことを知っていても、少なくとも若いうちは〝死〟を切実には考えられないというのが人間の現実でしょう。あ、そんなことはないか。昔の武士や、特攻隊の兵士など常に死を意識しなければならない現実はあった。

昔は切実か？　今が問題なのか？

鳥居　現代の方がもっと切実なはずなのにね。どこかの〝偉い人〟が核戦争のボタンをひょいっと押せば、一瞬にして何千万人が死ぬ状況の中に生きているんだもの。花田清輝が「戦争は嫌いだが、決して平和を好いているわけではない」というのも、真面目な人には怒られるだろうけど、いつの時代でも鋭い警句として聞かなければ…。

名取　おっ、今度は花田清輝ですか。確かにそうだけど、僕には難しくって、お手上げだなぁ。それよりクレージーキャッツの植木等のようなふりをして「金のない奴はオレんとこへ来い。オレもないけど心配するな」と歌いたくなっちゃう。（笑）

鳥居　その手があるか。「見ろよ、青い空、白い雲」だよね。この作詞は青島幸男だっけ？　偉いやっちゃ、という気持ちにはなるね。行きがかり上、真面目に花田清輝なんかを出して損しちゃった。こっちの方が上だよ、と言いたくなるなぁ。（笑）

名取　ははぁ、鳥居さんはそう言って調子を合わすんだ。本音とは別に相手を受け入れちゃうんだから、一筋縄じゃない。さっきは過激に「逃げまくれ」ってあおっておいて、すぐに〝迎合〟して見せるんだから、とてもかないません。参った。（笑）

鳥居　いや、両方とも本気なんだよ。そうでなきゃ、僕はどんな人からも袋叩きに遭っちゃう。そん

な危なっかしいところで、ウロチョロしているのかもしれない。本当に正直なだけなんだけどさ。（笑）

名取　ダメだ、こりゃ。これ以上突き詰めると我が身に返ってくるブーメランですからね。普通の人なら、いま不真面目な感じで二人が何を喋っているのか意味不明かもしれないけれど、本当にタイトロープの上で必死に笑って見せるということになるんだろうか。（笑）

鳥居　ハッハッハ、引き攣っちゃうよね。その点、花田清輝や名取昭作品は僕よりさりげなくズンとくるものがあるんだよ。

名取　ギャッ！　またヤバくなりそうな感じだな。短く、さりげなく、しかも鋭く、深く余情を残す。それが〝詩〟だ。と、鳥居さんなら平気で言っちゃうんでしょう。もう、勘弁してくださいよ。

鳥居　そうはいかない。さりげなく、短く、鋭く、深く余情を残すのが〝詩〟なら、皆、俳句をやればいいわけで、僕も俳句というのは素晴らしいものだと思うけど、ジャラジャラと未練たっぷりな短歌の方にナルシズムを満足させられるんだ。（笑）

名取　そうか、全てを認めたい、肯定したいわけですね。坂口安吾ですね。俳句、短歌、詩、小説、評論、随筆なんてジャンルなんか、どうでもいいわけだ。いいものはいい、上手、下手は問題じゃない。（笑）

鳥居　うん、うん。だから「裸木」をやっているわけで、一人ひとり違う〝固有性〟だけが勝負だと思っているんだ。少し真面目過ぎるのを用心しながら言えば、やっぱり何でもありになっちゃうわけ。

名取　僕も俳句をやればよかったのかな。誰だったか無名の人の作品だと思うけど「地球をば蹴飛ばして飛ぶ蝗かな」という句に感動したことがあって、詠もうと苦労したけど、ダメだった。(笑)

鳥居　同じだねぇ。僕たちは散文的なんだから。短歌だって締め切り間際に穂積生萩先生に尻を叩かれて十首だけ苦吟するんだ。生萩先生は偉いよ。「そんなに真面目にならなくていいのよ。誰か他の人の好きな歌の好きな言葉を選んで繋ぎ合わせりゃ、何とかサマになる歌が出来るものよ」って〝切り張り〟を勧めるんだ。凄いだろ。(笑)

名取　そのくらいの余裕というか、力を抜いたところから〝遊びごころ〟が生まれていい歌が出来るというわけか。本歌取りより凄いじゃないですか。それなら出来るかもしれないという気がしてきた。

鳥居　いや、僕も貴方もダメだと思うよ。夏目漱石も学生時代から死ぬまで、二千五百句あまり俳句を読んでいるけど、下手でヘタで可哀想な感じ。子規も虚子も手を焼いたんじゃないかって思う(笑)

名取　僕が知っているのは「叩かれて昼の蚊を吐く木魚哉」ぐらいのものだけど、他にどんなものがあるんですか。

鳥居　学生時代の「吾恋は闇夜に似たる月夜かな」と晩年の「饅頭は食ったと雁に言伝よ」というのを覚えているんだけど、こりゃダメだと思うじゃない。しかし、何だか知らんけど、面白いよね。(笑)

名取　あ、それを言いたいんだ！　ダメとか下手とか言っておいて「何だか知らないけど面白い」と評価しているんでしょう。

鳥居　お見通しだね。名取さんには見抜かれてしまっているからなぁ。追い詰められているのは僕の方で、参った！　と言いたいのはこっちの方なんだよ。（笑）

名取　また、これだ。「郁」時代から、裏田園調布時代から、裏荻窪に、この調子でやられてきたんだな。口惜しい！（笑）

鳥居　やりづらいなぁ、じゃぁ決定的な奴をいこう。「名取昭はチェーホフに勝る」ってのはどう？怒っちゃダメだよ。短篇小説は世界で彼に勝る人はいないと言われるけどさ。それを超えるという評価はダメかな。（笑）

名取　ギャッ！　死んじゃったのに、二度も殺すつもりですか。逆に生き返っちゃいますよ。冗談にもほどがある。でもチェーホフは好きですねぇ。「犬を連れた奥さん」なんか、たまりませんねぇ。どうせ、僕のように短くは書けないとでも言いたいんでしょう。本当に厳しいんだから。（笑）

鳥居　いや、本気でさ。彼は長々とダラダラ書いている。ま、そこが良いんだけどさ。「ともしび」や「退屈な話」が好きなんだけど、名取節にはかなわない、という評価なんだ。退屈しちゃうんだよ。（笑）

名取　いや、参った。もう勘弁してくださいよ。怒られますよ。多くの〝健全な読者〟からね。怖い怖い。逃げなきゃ。（笑）

鳥居　気を許しちゃって、本当のことを言い過ぎちゃったなぁ。75歳ぐらいまでは鎧を着て、なるべく〝失言〟しないように用心して喋っていたんだけど、80歳を過ぎたら、もうダメだね。（笑）
名取　でも、怖いものはあるでしょう。こうすべきだ、こうあるべきだ、なんて、やたらに〝正義〟や〝平和〟や〝愛〟とか〝絆〟を押しつけられたりすると、反発するより怖くなってしまうでしょう。（笑）
鳥居　うん、うん。一番怖いのは、全会一致とか満場一致というやつ。誰か一人ぐらいは反対するとか、少なくとも何人かブーイングぐらいはしてくれなくちゃ。凶暴になってしまいたいぐらい怖いね。本気で。（笑）
名取　あ、一九七〇年代の大ベストセラーですね。あれは僕を〝ラムネ〟と評価した東さんが山本七平さんと作った本で、もう〝神話〟ですよ。古代ユダヤでは、全会一致は無効という話でしょ。日本は反対なしの全会一致が好きだからなぁ。（笑）

過激にならず笑いましょう

鳥居　そこへ行くと金子光晴は偉いなぁ。初期の詩に「反対」というのがあるでしょ。「僕は少年の頃学校に反対だった」で始まるものが。「健康」とか「正義」とか大嫌いで、むろん「大和魂」は反対「義理人情」も反吐が出る。と来るんだから嬉しくなっちゃう。良識ある人は怒るわな。（笑）

名取　ハハハハ「いつの政府にも反対であり文壇画壇にも尻を向けている」「人が嫌がるものこそ僕の好物、とりわけ嫌いは、気の揃うということだ」でしょう？

鳥居　さすがだね。それ、それ。百年も前に彼は全会一致を否定している。これが本当の固有性のある人間の良識だよ。（笑）

名取　まぁまぁ、そう過激にならないで、一緒に逃げ切りましょうよ。でも安心した。鳥居さんはボケちゃいませんよ。僕を励ましてくれているんでしょうが、もう、僕には怖いものはないんだから。（笑）

鳥居　逆に慰められちゃった。しかし、僕は本当に衰えちゃってねえ。もう「裸木」を続ける自信がまったくないんだ。死ぬまで続けるつもりだけど、この号で第四次「裸木」は終了して、来年からは第五次として新体制でやろうと決心しているんだ。

名取　分かりました。こちらでは第六次「裸木」をやりましょう。待っていますよ。何だか変な具合になっちゃったなぁ。でも今日は楽しかった。最初から最後まで笑いっ放しだったような気がする。

鳥居　そうだね。じゃぁ、今日はこの辺で、ありがとうございました。

栗原正義

——kurihara masayoshi

人間五分と五分、差別と競争を排す！

第二次「裸木」第六号からの同人。報知新聞の校閲部長時代に参加してもらって、以後、報知新聞に関係する同人が八人に増えて〝裸木報知派〟という最大派閥を誇っていた時期がある。その〝領袖〟ともいうべき人だが「私は書くことが苦手でして」と毎号、隠れるように提稿する慎み深い人だった。優しい人柄で「栗さん、栗さん」と女性同人に慕われていたが「人間五分と五分」というのがモットーで、上品な〝男の美学〟を探求する現代には貴重な紳士だった。

〈発表作品〉「たみちゃん」「夏の終わりに」「白内障」「終戦のころ」「懐かしの街」「球友」「テスと貞夫ちゃん」「片山津」「同窓会」「アジト」「恐怖のカラス誕生」「雀の訪問——鳩の死を悼んで」「はぐれコタロー」「自虐！ ナンタルチアか」「月夜の妄想、エトセトラ」「うつうつと過ごす極楽トンボ」「私の音楽放浪記　名曲喫茶『シマ』通い」「変てこなオムニバス」「続・変てこなオムニバス」「優しさと決断の人——盟友丸山あつしを偲ぶ」「鳥居さんの手紙に思うこと」

天国良いとこ一度はおいで！

死んでも恥ずかしい感覚

鳥居　あ、やっぱり栗さんは、こちらにいらっしゃいましたね。天国と地獄に二分すれば天国に入る方だと思っていました。

栗原　やあ、やっぱり来てくれましたね。いや、僕は好んで来たわけじゃない。気がついたらこちらにいたんですよ。(笑)

鳥居　お似合いです。丸さんの時は、まさかこちらの住人になるとは思っていなかったものだから地獄の方を探して苦労しました。ここは彼には不似合いです。(笑)

栗原　相変わらず鳥居さんは厳しいことを言うなぁ。ニコニコ嬉しそうな顔をして、僕を軽蔑しているんでしょう。(笑)

鳥居　とんでもない。何をおっしゃる。栗さんを軽蔑するなんて、罰が当たりますよ。栗さんがいてくれなけりゃ、僕なんか同人全部から袋叩きにされちゃう存在なんだから。支柱を失ったという感じ。

栗原　ギャッ！　久しぶりに会ったのに、最初から容赦なしにワン・ツーパンチをもらっているという感じがするなぁ。生きていた時と変わりませんね。これはもう〝いじめ〟に近い。嬉しいんだけど

ね。（笑）

鳥居　ええ、サービスです。いや、礼儀かな。そう言わなきゃ、栗さんは喜んでくれないんだもの。僕と同じマゾだから気を遣うんです。もっとも同じことを他の人が言ったら怒っちゃうでしょう。お互いのコミュニケーションの度合いの問題ですよね。

栗原　うん、微妙な問題だからなぁ。鳥居さんとオレとでなきゃ分からない呼吸というか、その時、その時の瞬時の直観というか、相手を思いやる気持ちをどう言葉にするかということで変わってくるからなぁ。

鳥居　そう、お互い上が姉で、末っ子の長男という環境で育って、物心ついたときから周囲に弄り回されて育ってますからね。捻じれた複雑な感受性があります。

栗原　用心深くなりますよね。一般的には皆に可愛がられて大切にされているということなんでしょうが、可愛がられる立場から言えば、それが恐ろしい。（笑）

鳥居　ええ、単純に可愛がられて幸せな奴、と多くの人は決めつけるけど、その当人が辛い思いをしていることに気付いてはいない。贅沢な話だと言われれば、その通りなんだけど、針の筵に座らされて幸せそうな顔をしていなけりゃならない。（笑）

栗原　そう、そう。鳥居さんもその苦労をしてきたことは、会った瞬間から分かって、心強い思いが

したのを覚えています。普通の人には分からないだろうなぁ。（笑）

鳥居　分かられても困るんだけど「憎まれて世に住む甲斐はなけれども」という慈円の歌を身に沁みて理解できる人は、そうそういるものじゃないですよ。（笑）

栗原　それ、それ。「可愛がられて死ぬよりはまし」でしたっけ？　酒を飲むたびに鳥居さんから聞かされて、二人で頷き合ったものでした。懐かしいなぁ。（笑）

鳥居　栗さんの死因が〝舌癌〟というのは驚きでした。それも亡くなってから随分間をおいてからの訃報で、すべてを済ましてからの公表だから、多くの人はアッと驚いたようです。これはきっと栗さんの遺族への遺言だったのでしょう？

栗原　「葬式無用、戒名不用」という名言を残した白洲次郎のことを、鳥居さんからイヤというほど聞かされていましたからね。僕は保守的な人間だから、ちゃんとした葬式をして立派な戒名もつけてもらった方が安定するんだけど、最後の頃はもう、どうでもよくなっちゃいましてね。（笑）

鳥居　僕なんか、生前葬を十年前にやってもらったから〝香典〟でその日の「用心棒」の二次会と以後一週間ぐらい、大勢とたっぷり飲んだ罰当たり者ですよ。（笑）

栗原　それが出来るから偉いなぁ。僕なんか、とてもできない。もっとも「用心棒」の二次会では目一杯飲んでヘベレケになっていましたけどね。奥さんが亡くなられた直後だったでしょう？　奥さん

の戒名も自分でつけたというんで驚いたなぁ。（笑）

鳥居　ええ、僕の親父も祖母の戒名を付けていましたからね。戒名は遺族が付けるものだと思ってました。その戒名を関憲治に白木の位牌に書いてもらって仏壇に供えておいたら周囲が慌てふためいて、説教されました。そうか、お坊さんに戒名というものはつけてもらうものだと知って、秩父で葬式のやり直しをさせられちゃった。（笑）

栗原　ハッハハハ。いかにも鳥居さんらしい。そりゃ顰蹙を買ったでしょう。でも、お父さんが実母の戒名を付けられていたというのは、どういう事なんですか。（笑）

鳥居　それは親父も変な人間だったんですよ。近くの寺が無住職で、施餓鬼などの行事の折に、村人に頼まれて坊主の役をやらされていた時期があったんです。そのとき祖母が亡くなったからなんでしょう。法衣を着て読経する親父を見て恥ずかしかったのを覚えています。昭和二十年代前半のことだったと思いますが……。（笑）

栗原　戒名と言えば、自分の戒名もつけていたじゃないですか。生前葬で「極悪院智喜清心居士」でしたっけ？　これにも驚いて、笑っちゃいましたよ。（笑）

鳥居　極悪院と読んじゃダメなんですよ。「極悪、インチキ」と読むのが正解。それでも「心だけは清い」なんて図々しいにもほどがある。まったく往生際まで悪いのですが、笑ってもらえればありが

たい。乗せられて悪ふざけばかりの生涯でした。(笑)

栗原　奥さんの葬儀は、最初、東京でされたらしいけど、誰にも知らせなかったので、息子夫婦と孫だけだったという話を聞きました。本当に直系の家族だけしか参列しない〝純粋家族葬〟だと葬儀社が驚いていたという話も聞いていますよ。(笑)

鳥居　その日がまた新聞の締め切り日で、喪服のまま編集部に駆け付け、夜中の十一時頃までかかりました。帰りがけに「用心棒」に寄って、タキちゃんと、飲みに来ていた大森隆さんに初めて女房の葬式をした報告をし〝献杯〟したんです。二人とも驚いて、僕の〝非常識〟には辟易していましたね。

栗原　驚かないのは亡くなった奥さんぐらいなものでしょう。過不足のない常識を持っている方だったから、この〝ご亭主〟には苦労されたと思うなぁ。大介君の結婚式の時、鳥居さんの悪口を言い合おうと思って、披露宴の席でずっと隣に座って、盛んに挑発したんだけど、コロコロ笑うだけで、あっさり躱されてしまいました。(笑)

鳥居　ハハハハハ。笑うよりしょうがなかったんでしょうね。いや、苦労はかけたと思いますよ。でも、彼女が僕に注文したことは、ただ一つなんです。「一日でもいいから私より先に死なないでくれ!」死後の面倒までは見たくないという宣言だったたと思います。まったくお恥ずかしい。(笑)

栗原　もう、腹が立つなぁ。でも、口惜しいんだけど披露宴で最後の鳥居さんの挨拶だけはよかった。

ああ、オレもこういう挨拶をしなきゃいけないんだと思った。

鳥居　え？　ベロベロに酔っ払っていたからなぁ、きっと顰蹙を買うようなことを言ったんでしょう。

栗原　普通「まだ息子は未熟者で、皆さんのご教導をいただかねば」とか親は言うものじゃないですか。ところが鳥居さんは「息子は反面教師の父を持ったおかげで、僕よりずっと大人ですから、少しも心配しておりません。おい、大介、これからはオレの面倒をよく見るように」というのを聞いて思わず拍手しました。その時も奥さん、笑っていらっしゃいましたよ。（笑）

鳥居　ギャッ！　バカですねえ。関憲治が生きていたらどやしつけられるところでした。いや、いけません。こんな話をするために、今日ここに来たんじゃない。僕の話じゃなく舌癌の話をして下さいよ。

栗原　その辺は、僕はよく分からないんですよ。もう、ボケていましたからね。最後の一年ばかりのことは、さっぱりなんです。家族がそう発表したのなら、きっと、そうだったんでしょう。気がついたら、こちらに来ていたんですから。（笑）

鳥居　そうか、そういえば栗さんは四、五年前から、ちょっとおかしくなっていたなぁ。「用心棒」が店をたたむ前から、それを感じていました。電話や手紙でのやりとりからもね。また、裸木祭に午後二時からなのに朝九時から来ていたこともあって（笑）

栗原　そうでしたか。何だか話すことも支離滅裂になっちゃって、自分でも困ったことがよくあったなぁ。アルツハイマーが進行していたんでしょう。以後のことはよく覚えていないんです。

鳥居　今の僕も同じようなもので「老人力がついてきた」と思えばいいんですよ。ことに栗さんは〝方向音痴の帝王〟だから、それに磨きがかかったんだと僕は思っていました。(笑)

栗原　やっぱり、おかしかったですか。そうだろうなぁ。「裸木」四十号記念号の原稿も書き始めていたんだけど、どうなったのか、まったく思い出せません。(笑)

鳥居　何度も必ず書くって電話でも手紙でもおっしゃっていたけど、届きませんでした。ギリギリまで待つと連絡したのですが、以後、音信不通。それから半年後に訃報が届いたわけです。泣きましたよ。

栗原　申し訳ない。恥ずかしいなぁ。

父親という存在の大きさ

鳥居　恥ずかしいという感覚が、僕と栗さんの生きてきた原点なんでしょうね。何から何まで恥ずかしい。太宰治じゃないけど「生きていてすみません」という感覚がベースにあって、そう言う事さえ恥ずかしい。反射的に逆の言動を取っちゃう。(笑)

栗原　うん、あらゆる意味で自分を恥ずかしいと思う感覚は、長男の末っ子でなきゃ、分からないものでしょう。結局は甘ったれているわけだけれど、それが分かるだけに、よけい恥ずかしい。僕の場

合は親父の存在が大きすぎたんだろうなぁ。（笑）

鳥居　おっ、栗さん、死んじゃったら鋭くなりましたね。僕の場合は、折り合いが悪く、喧嘩ばかりしていた親父だから逆なんだけど、まさに親父の存在は大きい。死後四半世紀以上経っても、まだ和解しきれない〝暗夜行路〟が続いています。（笑）

栗原　そこが鳥居さんと違うところなんだろうなぁ。僕にとっては絶対的存在の親父だったから怖くって反抗など出来なかったなぁ。いまもなお頭が上がらない。（笑）

鳥居　そりゃ、栗さんの御尊父は桁外れの〝偉人〟だもの。今じゃ知る人もいない存在かもしれないけど、ある意味じゃ日本で最高のフィクサーだったんじゃないかな？　児玉誉志夫など〝小者〟扱いしていた、さらに奥の〝大物〟だと思っています。

栗原　表に出ている大物右翼の〝影の人〟という見方もあるようですし、確かに三浦義一などと親交があって、彼の歌集などを作ってもいるんですが、本質はアナーキストで、右翼とは逆の感じもあります。僕にとっては息子に甘い好々爺でした。

鳥居　ええ、世の中は令和の時代になって、昭和は遠くなりにけりですが、その前の大正時代の皇室暗殺計画事件の主役・朴烈と金子文子への熱烈な支援などを考えると栗原一夫を〝右翼の大物〟という見方は完全に誤りだと言っていいでしょう。

栗原　いや、僕は親父が右翼であろうがアナーキストであろうが、そんなことはどうでもいいんですよ。ただ、息子に〝正義〟などという名前を付けて、猫可愛がりしていた親父に顔向けできない生き方をしてきた自分を恥じているわけです。（笑）

鳥居　いや、その〝正義〟がポイントだと思いますね。僕は現在の東京新聞の前身・都新聞を作り上げた栗原一夫は、稀有なジャーナリストだと見ているわけです。右翼でもアナーキストでもない正真正銘の〝正義の人〟だったんじゃないかなぁ。

栗原　一時期、鳥居さんから親父のことを熱心に取材されて、死ぬ間際まで「お父さんのことを書いてくれ」と言われてきました。でも、何も僕は知らないんですよ。

鳥居　でも、栗さんの中には〝理想の父親像・人間像〟があるだけでも羨ましい。現代ではもう、誰も栗原一夫を語れる人はいないのでしょう。昭和末頃までは、かろうじて語れる人もいたのでしょうが……。

栗原　僕が知っているのは、愚息に絶望しながら溺愛してくれた子煩悩の父親の姿です。考えてみると、大学入学も就職も不合格だったのに、翌日になると合格の通知が来たりして、何だか知らないけど、学校の先生や職場の上司から必要以上に丁重に扱われて困ることが多かったなぁ。親父が裏から手を回していたのでしょう。（笑）

鳥居　それ、栗さん「裸木」に書いてましたね。僕が印象に残っているのは、親父さんから銀座で飲むなら全部ツケにしていい、と言われて毎晩のように友人を連れてドンチャカ騒ぎをやったら、一年後ぐらいに「いい加減にしたらどうだ！」と叱られたって話です。親不孝な息子だったんですね。（笑）

栗原　薄給だから銀座のバーやクラブでは飲めない時代でしたからね。「友だちを大切にしろ！　酒は奢っても奢られちゃいかん！」と口癖のように言われていたから、とっかえひっかえ連れて行っただけで、ありがたい親父でした。（笑）

鳥居　ハハハハハ、栗原一夫を困らせたのだから大したものです。総会屋全盛時代の名のある連中なんか、ほとんど栗原の名を聞いただけで、ひれ伏すような〝大物〟だったという人もいました。しかし、表面には出ない。有名な「月刊ペン事件」の資料を探しても、一番中枢の人物のはずなのに、わずかな記述しか残されていません。

栗原　いや、まったくお恥ずかしい。具体的な親父の経歴を人から聞かされても、よく分からないんですよ。朴烈や金子文子の不逞社のメンバーで獄中生活を送ったこともあるらしいんですが、その頃はまだ、僕は生まれてないんですからね。（笑）

鳥居　御手洗辰雄に目をかけられたことを、栗さんは書いていらっしゃるけど、アナーキストと右翼という〝二つの顔〟がどうしても一つに結び付かないんでしょうね。僕は栗さんから生活レベルの話

裸木の集まりで栗原さん（右）

を聞いて書こうと思ったこともあるんですが……。

栗原　僕はまったく父の〝実像〟を知らないのかもしれません。ほとんど自宅にはいない人でしたし、幼い頃から時々帰ってくる男の人という感じで、普通の家庭のような親子の交流はなかったんです。祖父との交流の方がずっと多かったぐらいで。

「女性崇拝」か？「女性憎悪」か

鳥居　栗さんが書かれたものを読むと、そのあたりのことが想像できます。〝おじいちゃんっ子〟だったんですよね。

栗原　母と姉と妹に囲まれて〝いたぶられる〟幼少期を過ごしたわけで、本当に心を許せるのは、祖父だけだったのだと思います。そして、無条件でありがたいと感じていた女性は、乳母の〝たみちゃん〟だけだった、という気がするんですよ。

鳥居　あ、それも栗さんは「裸木」に書いています。僕も母が病弱だったので〝ねえや〟に育てられた幼少期があったのですが、乳母というより、いまでは使えない言葉になっている〝女中さん〟ですよね。もう、名前も忘れてしまっているけど、母を困らせるために〝ねえや〟のところへ行きたいと駄々をこねたことは覚えています。

栗原　気持ちはよく分かるなぁ。お互い〝未熟児〟のまま年を取ってしまったんだろうなぁ。必死になって〝男の美学〟とでもいったものを追い求めるわけだけど、甘やかされているものだから、現実には〝安きに流される〟わけで、みっともないったらありゃしない。男の美学？　よく言うよ。恥ずかしい、恥ずかしい。（笑）

鳥居　そんなことはない。栗さんの〝男の美学〟というのは「人間、五分と五分」という上下の差がないことを根底にして、上から目線に徹底的に反発することなんだろうけど、これは〝裸木精神〟を貫く最重要の基盤だと思っていますよ。（笑）

栗原　いや、五分五分どころか、真っ直ぐに行くと、あっという間に絡めとられて、こちらの想いなどは消えてなくなっちゃう。美学じゃなくて〝微学〟です。特に女性に対しては「人間、五分と五分」

という〝男の微学〟は通じません。（笑）

鳥居　ハハハハハ。女性を憎悪していますね。女性に勝とうなんて思っちゃいけません。逆立ちしても勝てるわけないじゃないですか。要するに女性は〝賢明〟なんだもの。男は〝馬鹿〟なんだもの。（笑）

栗原　男は黙って何とかビールを飲んでいればいいんだって、鳥居さんは実際にそうやってましたね。これが格好いいと僕には思えて真似をしようとしても、胃の三分の二を切り取られちゃったから苦しくてしょうがない。格好がつきません。（笑）

鳥居　ハハハハハ、今度は僕が〝いじめ〟に遭っている感じだな。でも、カッコイイのは栗さんの方で、女性が皆、栗さんに惹かれるのが分かる気がする。優しいし、飴玉をいつも持っていて、そっと差し出すなんて芸当は、僕には出来ません。（笑）

栗原　ギャッ！　すぐに反撃されちゃった。そうやって凌いできたんですよ。それだけ深い傷痕を隠す防御本能のなせる業です。鳥居さんには分かるでしょう？（笑）

鳥居　分かる、分かる。祖母と母と姉と〝ねえや〟という、ありがたい女性たちに過保護にされて、ある意味じゃ社会生活不適応者のようにならざるを得なかった甘ったれには、身に沁みて分る。（笑）

栗原　他の人には分からないだろうなぁ。でもね、そういう事も含めて、自分が恥ずかしいという感覚は残っているんだけど、実際に死んでしまった今は、それさえも何だか懐かしいというか、良い思

い出のようになっちゃうんですよ。死ぬのも満更じゃないと思うようになりました。（笑）

鳥居　本当ですか。羨ましいなぁ。そりゃ、まさに天国ですね。それは〝破廉恥〟という事なんだろうけど、生きているうちは苦しいことでしょ。虚勢ばかり張って耐えて耐え忍ばなくちゃならない。

栗原　そこから解放されるのが死んじゃうという事かもしれないな。とにかく楽になりますよ。（笑）

鳥居　五〜六年前から何度も三途の川を渡る体験をしていますが、気がつくと戻っているんです。蛇の生殺しの状態です。なかなか楽にしてはもらえません。（笑）

栗原　楽をするのが嫌いなんでしょう？　僕から見ると好んで辛い状態を作り出しているように見えます。自分のことは放り出して、人に良かれと身を粉にして尽くしている感じがするんですよ。そう見られるのが嫌で、必死に逆もやる。誰も気がつかないのに。もう見ちゃいられない。（笑）

鳥居　また〝いじめ〟られています。詮無いことです。もう、やめましょう。（笑）

「同人誌って何だ！」を問う

栗原　死んでみると、よく分かるんだけど「裸木」を鳥居さんは自分が死んだつもりで編集していたんですね。（笑）

鳥居　え？　どういうことですか？　もともと蒲柳の質ですからね。幼少の頃から、いつ死んでもいいやという虚無の感覚はあります。そのくせ高所恐怖症だし、自分を〝インチキ野郎〟だと軽蔑しているから、普通の人と感受性が違うんでしょうね。矛盾だらけの半端人間なんですよ。(笑)

栗原 これだから始末が悪い。「同人誌って何だ!」のキーワード〝何でもあり〟と〝いい加減〟が強調されて、どんな作品でも〝褒め殺し〟で救っちゃう。(笑)

鳥居 あ、そういう意味か。いや、いや、そんなカッコイイものじゃありません。いい加減なんですよ。本当に。ただ、何だか〝正しいこと〟を言われると、反射的に〝正しくない〟ことを言いたくなる。(笑)

栗原 その気持ちは分かるんだけど、実際に同人誌を半世紀以上続けて来て、鳥居さんは何をやろうとしていたんですか。僕は何も分からない人間ですが、とにかく鳥居さんがやってることだから、何でも夢中になってついて行ったわけです。(笑)

鳥居 困ったなぁ。僕もよく分からないんですよ。ただ、人間は一人一人違うものだという当たり前のことに気付いて、自分のような人間でも生きていていいんだということを確認しようとしていたんだという気がします。〝馬鹿まるだし〟。(笑)

栗原 ところが、こちらに来てみると、鳥居さんは〝褒め殺しの人〟じゃないんだ、いつも本気で褒めているんだ、ということが分かるようになりました。あえて讃美するというのかなぁ。上手、下手を問題にせず、良い所ばかりを見ているというのかな、普通の人と視点が違うのですよね。

鳥居　ありがたいなぁ。そう言われると救われるのですが、僕には同人が書くものに対して、うまいとか、うまくないとかと言う視点が欠如していると言った方が正しいのじゃないでしょうか。その人が持っている良い部分しか見えないんですよ。

栗原　そのくせ、偉い人が書いているものとか、ナントカ賞を取った作品には、意外に厳しい評価をするじゃないですか。〝上手〟だとか〝うまい〟とかいう作品は、好みでなくて〝不格好〟でも〝下手〟でも〝些細なこと〟でも何でも、何か〝本当のこと〟に迫る作品が好きなんですね。

鳥居　そういうことなのかなぁ。言葉にすると間違っちゃいそうなので困っちゃうんだけど、何か賞を取るということと、書くということは別のような気がするんですよ。賞金を稼ぐために書く、有名になりたいから書くという明確な意思でやるのも、それはそれで否定はしません。大いに書けばいい。でも、それは本質的に〝書く〟ということの目標ではないでしょう？

栗原　書きたいこと、書かなければならないことを書くという純粋な動機の方を重んじるということですよね。面白いものを書いてやろう、人に感動を与えるものを書いてやろうというだけでは、まだ足りない。もっと何か、それぞれの「書かざるを得ないもの」を書こうという内的な切実感が優先するということなんだろうけれど。

鳥居　そうなんだけど、それを難しく真面目に考えると重くなっちゃう。もっと軽く〝遊び〟というか、子どもの感覚で捉えることが必要な感じがするんだなぁ。これが誰にとっても、一番面白いことだし、やりたいことのはずなんだけど、やらない人が多いという感じがするんだけどなぁ。

栗原 そうか、その部分では薄汚れた大人の考えに邪魔をされちゃダメということか。むしろ〝いたずらっ子〟のような気持で書くという行為に取り組めば、生き生きとした作品が生まれるということになるのかな。体裁とか約束事に捉われないで〝遊ぶ〟ことが創作というものでしょう。

鳥居 ええ、もちろん〝書く行為〟には、体裁とか約束事とかも大切なものなのだけど、そういうものは、書き続けていれば自然に身についてくるもので、最初にあるものではない。上手に書くテクニックも、後からついてくるもので〝落書き精神〟の方が先だと思います。文法なども糞喰らえだと言うと怒られてしまうんだけど。

栗原 文章ばかりじゃない。絵だって子どもたちや精神病院の患者さんが描いたものの方に、ハッとさせられる何かがあるというじゃないですか。音楽だってパンクロックなど、ただ騒音のようにしか聴こえない、と僕なんか思って憎悪していたんだけど、我慢して聴いているうち切実な叫びを感じることもあるようになりました。(笑)

鳥居 え？　クラシック一本鎗の栗さんがパンクを評価するなんて、仰天するなぁ。これは革命的な発言だ。ジャズだって、ディキシー、スイング、モダンのスタンダードナンバーも認めない堅物だったのに。アルゼンチンタンゴ狂の僕なんか、軽蔑の眼で見られていたのに、変わりましたね。
栗原　いや、何でもありの鳥居さんに洗脳されたんですよ。悪いのは鳥居さんです。ときどき鳥居さんさえいなければ、僕はもっとマトモな〝いい子ちゃん〟で世間を欺いて生きられたのに、と恨みがましい思いも生きているうちは持ってました。（笑）
鳥居　ハッハハハ、参った、参った。江戸の仇を〝天国〟で討たれたか。（笑）

文明の利器は不便なものです

栗原　でも「裸木」はどうなるんです。40号でキリを付けて第五次「裸木」にするんだと聞いていました。
鳥居　この号から森田さんと加藤さんに編集を任せて楽をさせてもらっています。僕はもう〝老人力〟が付き過ぎちゃって、現実の作業が出来なくなっちゃいましたからね。二人に任せておけば安心です。
栗原　第三次までは毎日「郁」や「忍」や「用心棒」で同人たち五、六人に会えたからスムーズに意思の疎通が出来たんだけど、高齢化に伴って同人たちが顔を合わせる機会が少なくなってきたから、編集は大変だろうなぁ。直接その場で解決できる問題も、もう一手間も二手間もかかるから。
鳥居　その代わり、パソコン、スマホなどの通信手段が発達して、ありがたいことなんだけど、同人の大半は〝文明開化〟から取り残された人たちだから辛い。（笑）

栗原　僕なんか、その急先鋒で、前世紀から時代遅れの人間の座に甘んじてきました。不倶戴天の文明の利器ですよ。（笑）
鳥居　僕もその方なんですが、世の中は全部それで動くようになっちゃっているんで、仕事の必要上、最低限度の〝操〟を売って、機器を操っているんですが、スマホだけはどうしても操作出来ないんです。気が狂っちゃう。携帯電話もガラケー。（笑）
栗原　いずれ僕のような人間はいなくなって、すべてが指先で操作する機械だけでコミュニケーションを図ることが出来る人たちばっかりの世の中になっちゃうんでしょうが、恐ろしいなぁ。
鳥居　それほど僕は悲観的じゃないんだけど、そうなればそうなったで、また何か道が開かれると楽観的に見ていた方がいいと思います。人間、それほど馬鹿じゃないし、でも、やっぱり惚れたはれたとゴチャゴチャする馬鹿だし、良い加減で馬鹿を繰り返しているのがいい。何でもあり。（笑）
栗原　でも、スマホに頼っていると、前葉頭が変化して別の生物になるという説もあって、オレは人間のまま死ねたんだから良かった、と思ったり。鳥居さんなら、ああ！　と言うでしょう。（笑）
鳥居　ハッハッハ。うん、うん。もう、実際にそういう現実になっているし、栗さんの気持ちはよく分かります。「嘆きは誰でも知っている、この世は悲哀の海じゃもの」と、わが師・宮川哲夫は、書きました。ロイド眼鏡に燕尾服ファッション。（笑）

栗原　「街のサンドイッチマン」の二番ですね。「泣いちゃいけない男だよ」でしたっけ。スマホ批判は、これくらいにしておきましょう。〝前々世紀人間〟は、おとなしくしているに限ります。（笑）

鳥居　じゃぁ、書いてください。僕がこちらに来たときは、第六次「裸木」をやろうという話になっているんです。（笑）

栗原　早く来てください。待ってます。

鳥居　では、今日はこの辺で。

大塚文夫

――ohtsuka fumio

これでもボクは〝真っ当人間〟ですよ！

第二次「裸木」第一号からの同人。「一に大塚、二に森田、三四がなくて五に田辺」と呼ばれる〝裸木三奇人〟のトップを終生譲らなかった。〝変な同人〟の多い中でも群を抜いて輝く存在である。しかし、彼の描く文章や絵がどんなに理解不能であっても、彼は悠然と自分の面白いと思うものに全力で取り組んでいた。私は今でもこの人は、世界一の〝天才〟であると信じて疑わない。

〈発表作品〉「視線」「亡き国際劇場にて」「ハイビスカスの祈り」「屋上の庭」「熱砂の栄光」「夜の探偵」「はざまの仲」「私立探偵夢や」「ある同人」「現夢」「銀幕八犬伝」「幻館上映中・ロンリー／ワン」「歩いては遠いピクニック」「私立探偵夢や〈さすらい篇〉」「銀幕八館伝」「銀幕八館伝／怒涛篇」「銀幕八館伝／語り部篇」「同人誌伝奇・憧憬篇」「同人誌伝奇・視音魔篇」「同人誌伝奇・代理戦争」「同人誌伝奇・外伝」「顔言」（1〜10）「幻館上映中・蒼き海鳴りの果て」「みずてん画廊」

コロナ無間地獄に来ちゃった！

イシアサ「コロナに死す」

鳥居　おい、おい、イシアサさんが僕より先に逝っちゃうなんて、これは悪い冗談だよ。さっさと戻ってきてくれなきゃ困る、って文句をつけに来たんだ。（笑）

大塚　あっ、わざわざ来てくださったんですか。嬉しいな。退屈していたところなんです。ええ、冗談です。おっしゃる通り冗談で死んだつもりだったんですが、本当になっちゃって、戻るに戻れない。（笑）

鳥居　去年の暮れだったね。貴方が精魂込めて作っていた月刊「DOUYARO」を終刊にしちゃって、最近、息切れが激しくて、もうダメだ！　と言い始めた。（笑）

大塚　ええ、呼吸器内科と血液内科に通って治療に専念してしても、はかばかしくなく、やがて入院しても、まさか自分が死ぬなんて考えても見ませんでした。（笑）

鳥居　ハッハハハ、そうだろうと思った。でも、ここは何処なの？　他の人たちが来るところとは、まったく違っているので、探し当てるのに苦労しちゃったよ。（笑）

大塚　え？　分かりませんか？　コロナですよ。他の人とは隔離されちゃって、でも、特別待遇され

ているのだから、悪い気はしません。一種のエリートですから。(笑)

鳥居　ははぁ、ここがコロナで亡くなった方々の〝楽園〟か。あるいは〝無間地獄〟か。やはり、イシアサさんは、決定的に〝天才〟を〝公認〟されたんだね。(笑)

大塚　いや、どちらかと言えば〝無間地獄〟の方でしょう。至れり尽くせりで何の苦しみもないんですが、手洗いとマスクを強要されるのが辛いと言えば辛い。(笑)

鳥居　え？　それでマスクをしているのか。そんなもの何の役にも立たないのに。それでも皆さん従順にマスクをしていないと白い眼で見られる現実がある。(笑)

大塚　たまりませんねぇ。僕は従順だから、世の中のことは大勢さんの意見に従って、自分が嫌なことでも我慢して従うことに、それほど抵抗を感じない人間ですが、マスクだけには参ったなぁ。もう、死んでいるんだから、いいでしょうに。(笑)

鳥居　ハッハハハ、そりゃ愉快だ。人間の〝業(ごう)〟は、七生祟るっていうけど、恐ろしいものだね。それじゃ〝三密〟も強要されているの？　やはり無限地獄だね。(笑)

大塚　ええ、これは自由の問題です。だいたい〝三密〟なんて言葉、誰が流行(はや)らせたんですか。〝壇蜜〟なら知っているけど、そんな言葉は、わが辞書にはない。(笑)

鳥居　うん、うん、こりゃ魂消(たまげ)たなぁ。しかし、よく考えてみると、われわれのお株を奪われたような気がするな。ある意味では、これは〝人間の進歩〟かもしれない。コロナ騒ぎにも〝良いところ〟があると、大きく深く捉えたくもなるね。（笑）

大塚　え？　どうしてですか？　生きてコロナ地獄、死んでコロナの無間地獄、これじゃ救われません。笑ってばかりいないで、早く〝救済〟してくださいよ。（笑）

鳥居　だってさ、コロナなんて、恐ろしいものじゃないでしょ。この間の都知事選に「コロナは単なる風邪です」と言って立候補した人がいるので、僕は感激して一票投じたんだけど、まったく相手にされず落っこちちゃったけどね。分かるかい？（笑）

大塚　分かりません。こんなに大騒ぎしているじゃないですか。世界中がひっくり返るようにマスクと三密を奨励しているじゃないですか。僕はその栄誉ある日本で最初の犠牲者だと自負しているつもりです。志村けんさんより先なんですよ。（笑）

鳥居　ハッハハハ。貴方は〝天才〟だからね。「裸木」の同人には、ちょっと変な人が多いけれど、貴方は群を抜いて〝変な人〟だったからなぁ。なにしろ「一にオオツカ、二にモリタ、三、四がなくて、五にタナベ」と呼ばれていたんだからね。（笑）

大塚　それは、鳥居さんが嬉しそうに皆さんに、そう言いふらしていたからじゃないですか。僕は自分では、いちばん〝真っ当な人間〟だと思っていたのに。（笑）

鳥居　ハッハハハハ。そう、〝変な人〟なのに〝真っ当な人〟でもあるんだよね。世の中の常識を大切にするからね。そのアンバランスが非常に面白いんだ。（笑）

大塚　でも、そんなことを言ってくれるのは、鳥居さんぐらいなものですよ。ついに結婚も出来なかったし〝濃厚接触〟の機会もない僕がやることを面白いと評価してくれる人は、ほとんどいない一生でした。哀れ、秋風よ、心あらば伝えてよ……。（笑）

鳥居　お、佐藤春夫だね。その問題に迫る前に、まず、何で皆、コロナをそう怖がるんだろう？　このところが僕にはよく分からないんだ。だって昨年のインフルエンザの猛威は、今年の新型コロナの比じゃないほどだったでしょ。国民の一割近くが罹っているんだ。それなのに非常事態宣言なんて話は一度も出なかったじゃないの。

大塚　そうか、僕も罹ったし、鳥居さんなんか二度も罹ったって嘆いていましたね。年のせいだろう、なんて煙草もスパスパやりながら、ボヤいていたなぁ。（笑）

鳥居　昨年は一千二百万人ぐらいのインフルエンザに罹った人々がいて、百万人ぐらいの人が亡くなっている。それに比べりゃ、千分の一にも満たないことになる。

大塚　あ、そうなんですか？　それじゃ、あまり自慢できないなぁ。僕は「選ばれてあることの恍惚と不安」に苛まれていたのですが。（笑）

鳥居　今度は太宰か。ことに新型コロナは弱毒だっていう専門家は多いし、今朝「日本はすでに集団免疫に達している」という京都大学の上久保教授の説明を聞いてから、出かけてきたんだよ。何を皆は恐れているのか不思議で仕方がない。（笑）

大塚　え？　本当ですか。それじゃ、自然終息に向かっているわけですね。感染者数だけ増えた増えたと騒ぐのは、何かおかしなことだとは思っていたんですが、死者数が圧倒的に少ないことを見れば、本当にそんな気もしてきますね。検査して陽性だから感染というのも何か変だな。普通、陰より陽の方がいいに決まっている。（笑）

鳥居　本当だよ。それなのに皆、このクソ暑い中でマスクをして、ご苦労さんなこっちゃと思うけど、そんなことを言ってごらん。まるで非常識人間として否定されてしまうんだ。怖いよ、怖いよ。（笑）

大塚　皆そうなんですよ。誰もマスクを信じているわけでもないのに、そう思われるのが嫌だからやっている人が圧倒的に多いでしょう。中にはマスク美人なんて人もいて、嬉しいこともあるけど。（笑）

鳥居　江戸時代の医者が言う「葛根湯を飲んでおきなさい」という程度で済むものだと考えるのはいけないのかな。（笑）

大塚　ははぁ、葛根湯か。難しい化学的な治療薬の開発やワクチンの開発などより、よっぽどいいような気がしますね。新薬は副作用が怖くって、とても飲んじゃいられません。葛根湯にしましょう。（笑）

鳥居　だろう？　龍角散と正露丸、そして太田胃散。「いい薬です」って、僕の常備薬なんだ。だいたいは、この三つの薬で治してきたし、誰でも知っているはずだ。

大塚　でも、そんなことを言ったら、怒られますよね。そして、鳥居さんなんか、コロナに罹ったら、それ見たことかと、猛烈に指弾されちゃいますよ。（笑）

鳥居　だからね、マナーとしてのマスクはいつも持って歩いているんだ。しかし、コロナによる死者が十人足らずだった時、熱中症でマスクをしていた死者が千人以上になったのにはビックリした。よっぽどマスクをしている方が危険なんだ。（笑）

大塚　僕が死んじゃったのは寒い時期だったけど、猛暑の中でマスクをしなければならない世の中なんて信じられませんね。

怖いのは人間の言動

鳥居　もう一つ、メディアの対応がコロナの不安をあおる形で、連日モーニングショーなどで追い打ちをかけるだろ。あれじゃ普通の人は怖がるのが当然だ。（笑）

大塚　風邪は万病のもとであることは確かだし、高齢者や呼吸器系等に疾患のある人たちは震え上がっていましたね。（笑）

鳥居　うん、怖いねぇ。僕なんかは肺気腫末期だし、おそらく罹ったらイチコロだと思う。もう死んでいるようなものだから、死ぬのは怖くないんだけど、ああいう風潮というか、人間の言動が怖いんだ。（笑）

大塚　おっと、いちばん鳥居さんが言いたいことを言っている気がする。この現状は一種のファシズムだって言いたいんでしょう。僕もそういう〝風潮〟とでもいったものに、皆が一斉になだれ込む感じに恐怖を感じる人間だから、よく分かります。（笑）

鳥居　何しろ日本の軍国主義時代に生まれ育って「大きくなったら兵隊さんになってお国のために尽くします」と本気になって言っていた自分がいるからね。それが戦後、民主主義全盛になってコロリと変わるのに、ついていけない時期があった。民主主義、自由主義、とても結構なことなんだけど、節操がなさすぎるというか。（笑）

大塚　僕は軍国主義を体験しない世代だから、どっぷり民主と自由に漬かって大人になったわけだけど、その気持ちは分かるなぁ。

鳥居　僕は中学生までは、典型的な優等生だったから、偉い人や先生や親たちに気に入られるような言動を取ることは得意だったし、そうすることが良いことだと思い込んでいたけど、何だか違うんじゃないか、と高校生になった頃から思い始めた。

大塚　反抗期、思春期とかいう人間の成長期とも言えるんでしょうけど、結構複雑に屈折した高校生だったんだ。（笑）

鳥居　いや、そういう意味では〝愚鈍〟なんじゃないかな。素早く変わることが出来ないんだよ。優等生じゃなくて、本当は劣等生なんだ。コロコロ変われない不器用で要領の悪い人間なんだと思う。（笑）

大塚　あるいは懐疑主義かな。鳥居さんは、僕が正直に思っていることを言っても、面白がってくれるんだけど、いつもホントかな？　と、何だか疑われているような気がして仕方がなかった。（笑）

鳥居　ハッハハハ、懐疑主義なんて上等のものじゃない。だいたい偉そうな何々主義、何々イズムとかいうものは嫌いなんだ。僕は丸谷才一に教わったんだけど、イズムというのは〝中毒〟という意味なんだよ。

大塚　それ、何度も聞かされています。アルコーリズムというのがアルコール中毒と訳すのだということでしょう？　鳥居さんが嫌いなものは、だいたい分かるんだ。

鳥居　うん、うん、それそれ。僕はロマンチズム一辺倒の甘ったれでさ。その反動でニヒリズムに魅力を感じるようになるのも、単なる裏返しなんだよ。そんな時期が三十歳を過ぎても続いたなぁ。（笑）

大塚　若い頃は何でもカッコいいと思えるものに惹かれるわけで、僕は日活映画の石原裕次郎、小林

旭、宍戸錠に決定的な影響を与えられることになる。（笑）

鳥居　ペンネームの「イシアサ」は、石原裕次郎と浅丘ルリ子から取ったものなんだから畏れ入る。貴方がいちばん惹かれたのは、エースのジョーこと宍戸錠だということは僕には直観的に分かるんだ。奥ゆかしく、あまり宍戸錠を喧伝しないで裕次郎に花を持たせるのも大塚さんらしい。（笑）

大塚　ギャッ、分かりますか。鳥居さんには見抜かれていたか。そうなんですよ。常に主役を立てる側にいて、しかも自分の個性を強烈に発揮できる位置にいる彼に憧れ続けてきました。エースのジョーは、僕の永遠のヒーローです。（笑）

鳥居　それが分かるような気がするんだよ。だってさ、貴方は優しすぎる人だから、人は自分の基準で判断すると、理解不能にさせられちゃうんだよ。それぞれ皆、優しさを持っているんだけど、多くの人の基準とどこかズレているという感じ。（笑）

大塚　そうなんでしょうね。僕がこれ面白いでしょ、って描く絵や文章は、鳥居さん以外は、誰も面白がってくれないんだ。何が何だかさっぱり分からない、という反応ばかりで落ち込んだものです。（笑）

鳥居　ハッハハハ。いや、僕だって、さっぱり分かっちゃいないんだよ。何しろ貴方みたいな天才が表現するものを簡単に分かられては、たまったもんじゃない。（笑）

大塚　えっ！　そうなんですかぁ！　だって、僕の最高傑作だと信じている「顔言」シリーズは、毎号「裸木」の巻頭に飾られて、鳥居さんは面白い、面白いって言ってくれていたじゃないですか。（笑）

鳥居　そうだけど、僕は正直だから、最初からきちんと「顔言」については書いているはずだよ。「本当にこの作者の描くものも話も、僕にはさっぱり分からないのです」って白状しているはずだよ。最後の〝寸評〟のページでさ。（笑）

大塚　ええ、それはしっかり覚えています。しかし、あれは最高の誉め言葉になっているんですよ。「発想そのものは、ひどく単純なのですが、時空を超えた軽妙さで次から次へと繰り出されるジャブに翻弄されるより、仕方がありません」と、しっかりフォローしてくださって「それがとても気持ちよく、面白く、大声で笑わさせられるのです」と続くのですからたまりません。息の根が止まるほどの讃辞です。（笑）

鳥居　ハッハハハ、いや、参ったねぇ。そんなことを書いたかねぇ。しかし、皆さんが僕と同じように感じてくれたかどうかは別問題で、作者の〝独りよがり〟に終わっちゃう危険性が常にあるでしょう。でも、そこで安易に貴方が作品の説明や解説をしてしまったら面白くないわけで、難しいものだねぇ。伝えるということは。（笑）

大塚　ご指摘の通り「発想はひどく単純」なのですから、皆さんが子供のように純心になってくださ

裸木祭で大塚さん（左）と著者の鳥居（右）

れば、少なくとも、僕の魅せられているものというか、いい年をして、こんなにバカなのか、というぐらいは分かって、笑ってもらえるはずなんですが、喜んでもらえないのが口惜しい。（笑）

鳥居　うん、うん、しかし、貴方はめげなかったねぇ。そっと差し出す〝僕が夢中になっていること〟に対して、皆さんが無反応なら、また、そっと別のものを差し出し続けて四半世紀。〝天才〟のまま、風のようにコロナに散ってしまう。（笑）

大塚　ハハハハハ、天才じゃなくて〝天災〟と言われているような気がするんだけど、それが僕の限界なのだから、しょうがないと諦めるより仕方がありません。最後

の頃は「みずてん画廊」を滅茶苦茶に褒めてもらったのも忘れられません。（笑）

鳥居　いや、あれも僕がさっぱり意味が分からないんだ。しかし、何だか知らんけど笑っちゃうんだよ。きっと凄いことを〝天才〟は言っているんだ、ってね。（笑）

大塚　いえ、いえ、何も大したこと言ってるわけじゃありません。また、揶揄されているのでしょうが、どうして鳥居さん以外の人は笑ってもくれないんだろう。僕は露骨にウケ狙いをやっているのに。（笑）

鳥居　それはさ、貴方も真面目過ぎる〝天才〟だからさ。ガリレオが「それでも地球は回っている」と言って憤死するのと同じように、天才の宿命みたいなものなんだよ。冷たいようだけど、百年後に分かることなんだろうなぁ。愉快、ユカイ。（笑）

大塚　意地悪だなぁ、人の不幸を喜んでいるみたいに聞こえますよ。参りました。

進歩とか向上はいらない

鳥居　おそらく、この二人の会話は、変な人が多い同人たちにも、何を言っているのか訳が分からないだろうね。それは僕たち二人が目先が効かない愚かな人間だからなんだろうけど、要するに、いつまでも経っても大人になり切れていない未熟さにあると思うんだけど、どうだろう。（笑）

大塚　そうなんでしょうね。他の人は賢明に先へ先へと進んでいくのに、夢中になって遊んでいるう

ちに取り残されてしまっている自分を情けなく思うことが多かった。愛情過多なんでしょうかね。（笑）

鳥居　愛情過多ねぇ。それも確かにあるような気がするなぁ。僕の場合は自分が保守的で進歩とか前進とかを怖がる要素が強いと自己批判するんだけど、一旦、理解出来たら素直に学習するけどね。（笑）

大塚　ところが、進歩とか前進の速度が速すぎて、とても追いつかない。口惜しいから次々に改良されていく新機種に挑戦し続けなくちゃならなくなって、ウンザリしてしまうことが何度もあった。世の中全体がドッと新しいものに流れ込む。（笑）

鳥居　そう、圧倒的な商業主義、コマーシャリズムが人々を巻き込んで行くからね。多機能、新機能の名のもとに踊らされているわけで、怖くてしょうがない。これは一種の暴力だとアナログ人間の僕などは、白旗を掲げちゃうことになる。（笑）

大塚　しかし、そんなことを言っていたら、若い人たちに馬鹿にされるだけですよ。ネットの世界と絶縁している勇敢な人たちもいるけど、実際の現実社会からは切り捨てられているわけでしょう？少なくとも仕事上では、使い物にならない。

鳥居　いや、現実社会というのは、インターネットを利用できなくても、充分に享受できるものだと思うけど、ただ〝不便〟だということだけじゃないかなぁ。しかし〝便利〟ということが、それほど価値があるものかどうかが問題なんだと思う。

大塚　そうか、考えてみれば〝便利〟という呪文はインチキという気がしますね。確かに便利な器具を縦横に使って、世の中がどれだけ良くなったかと言えば、ポンと指で押せば、答えが出る検索機能が使えるありがたさはあるけれど、人間を怠け者にするものばかりだとも言えますね。（笑）

鳥居　うん、そういう言い方も出来るけど、僕は怠け者だから、確かにありがたい部分はあるわけさ。しかし、そんなに便利な文明機具が出回っているのに、人手不足で忙しくなる矛盾はどう説明すればいいんだろう。ゆったり楽をすればいいのに。

大塚　おかしいよね。ヴァンス・パカードが「かくれた説得者たち」の中で「生産能率がますます向上してゆき、その分だけ人々の生活が向上するにちがいない」と言ったことは怪しくなってくる。（笑）

鳥居　さすがだね。パカードが出てくるところなんか、イシアサさんの天才を証明している。ここで重要なのは「向上した分だけ向上」というところで、これは人々が本当は必要でないもののために向上する分まで多くの金を使うようになるということだと言っているわけだからね。（笑）

大塚　そう、それは今よりももっと多額の月賦を払い、もっと多額の機器を購入し、もっと多額の保険契約を意味しているわけで、少しも〝向上した生活〟とは言えません。ますます繁忙になる。（笑）

鳥居　その通り。よさそうに見える〝向上〟は、実を言えば向上する分だけ早くペダルを踏まなければならないことになり、アップアップしなければならなくなる。進歩なんていらないよ。もう充分に文明の利器の恩恵には浴してきた気がするなぁ。

大塚　足るを知るという言葉がありますが、もっと、もっと便利なものを求めることが進歩だと思うのが当然のこととして受け入れられている。現代という時代も人間も貪欲すぎるということなのかな。

鳥居　現代に限らず、人間の欲望というものは際限がないということなんだろうけど、そのエネルギーも必要だったことも確かで、猿と人間の違いとも言えるんじゃないだろうか。限度の問題だと思うなぁ。

大塚　どのあたりが限度なんですか。鳥居さんの言い方だと、ほとんど「原始に帰れ」というところまで行きそうな感じがするんだけど。そうじゃないんでしょう？　じゃぁ、かつてテレビが普及した時、大宅壮一が「一億総白痴化」と言ったけど、テレビは許容範囲に入りますか。（笑）

鳥居　ルソーには憧れるけど、僕が如何にロマンチストと軽蔑されても、文明の〝禁断の木の実〟を味わってきた〝罪人〟だから、石槍を持って恐竜を追いかけまわす勇気はないよ。大宅壮一が喝破した総白痴化した人間の一人なんだからね。（笑）

大塚　欲望に忠実な合理精神にどこで歯止めをかけるか、ということなんでしょうけど、これはもう、宗教の問題になってしまう。神よ、救い給えと祈るしかない。（笑）

鳥居　うむ、シラーの「群盗」によって神は死んだし、折口信夫に言わせれば「神は敗れた」わけだから、もう、神頼みは無理なんだろうなぁ。もっとも折口は「信薄き人に向かひて　恥ぢずゐむ。敗

れても　神はなほ　まつるべき」と歌っているけれど、この祈りは届くのだろうか。（笑）

大塚　もう、本当に信じられるものがないから、欲望に忠実にならざるを得ないという時代なんだろうか。欲望に忠実であることは、決して悪いことではないけれど、コマーシャリズムに操られているわけで、純粋な欲望じゃないからねぇ。（笑）

鳥居　さすが天才、鋭いご指摘だねぇ。組織とか国家とかに操られて、もう自分でも気が付かないでいるのが我々の姿なのかなぁ。さっきの「足るを知る」という指摘と共に謹聴しなければならない。（笑）

大塚　え？　そんなに自己批判されちゃたまりませんよ。バシッと何か威勢のいいことを言ってくださいよ。いつもの鳥居さんのように。ＡＩ時代の到来に、そんなもの糞喰らえとかさ。藤井聡太がいるじゃないとか。銀が泣いているとか。（笑）

鳥居　ウハッ、コロナに鍛えられて強くなったなぁ。あおられちゃった。いや、僕はもっと欲張りでね、ボケちゃっているけど〝何でもあり〟と広く構えたいわけさ。広く構えるけど、常に少数派でいたいし、多数決にはイチャモンを付けたい。（笑）

大塚　それは分かります。僕も永遠の少数派として生きてこざるをえなかったけど、死んじゃった今でも隔離されているから、欲求不満で爆発しそうな感じです。（笑）

鳥居　さっきのパカードで思い出したんだけど、ガルブレイスが生活の向上というものに対する〝欺瞞の原点〟について、実に厳しい指摘をしていてくれていたのを。

大塚　ええ、知っています。「依存の効果」という奴でしょう。「生活水準の向上は、生産の向上に依存する。生産の向上は、消費の向上に依存する。それゆえ生活を改善する最高の手段は、生産を促進して、もっと消費量を促進せよ、と多くの人々を説き伏せることである」だったかな？

鳥居　うん、それ、それ。貴方は凄いね。対象を食べ物に絞れば、食料を増産して、大量に食べなければならぬと説得されているわけだ。確かにそれは食生活の向上の一つの用件かもしれないけど、皆が胃潰瘍になるか肥満することになる。（笑）

大塚　いや、まったく。向上とか進歩とか言われるものは、胃潰瘍と肥満をもたらす原因だ、というのは面白いじゃないですか。鳥居さんらしくなってきたな。（笑）

鳥居　なぁに、コリン・ウイルソンの受け売りさ。つまり、ここには〝心の問題〟がすっかり見落とされている。まさに大塚さんが指摘した宗教の問題なんだよ。

大塚　たどり着きましたね。これがいちばん難しい人間の最大の問題だ。（笑）

神々は死んだのか？

鳥居　ところが、畏れながら神々はすでに死んでいる。少なくとも神々は間違ってしまった。科学万

能という別の絶対神に制圧されてしまった。というのが現代だと言ったら、また怒られるだろうね。（笑）

大塚　うむ、しかし、仏教もキリスト教もイスラム教も日本の八百万の神々も健在というより全世界で大いに〝繁盛〟しているじゃないですか。死んでしまったというのは、おかしいんじゃないですか。（笑）

鳥居　陰然たる勢力を持っているという言い方も出来るだろうし、派手にテロに走って苦闘している神もいることは現実だけど、本当に人間の心の問題に迫る神々がいるのかどうか疑わしい。どうも最初から神々は間違っていたような気がする。（笑）

大塚　現代の絶対神である科学の方が間違っていると言うなら分かりますがね。原爆を日本に二つも投下したという事実は、ミステイクじゃすまされないでしょう。（笑）

鳥居　その通りだけど、インカの神話にある神々が最初に人間を作り出したときに、決定的なミスを犯したと僕は思っているんだ。まったくの罰当たりだけどね。（笑）

大塚　え？　何ですか。人間を神々が作ったときのミスというのは。ずっと前にも鳥居さんから聞かされたような気がするけど、すっかり忘れちゃっているなぁ。（笑）

鳥居　神は最初、粘土で人間を形づくっていったんだけど、水に溶けて歪んだりするので、面倒くさくなり脳を霧で覆って誤魔化しながら創り上げたのだそうだ。ところが出来上がった人間は、すごく優秀で次第に神々を恐れさせる存在に成長してしまう。そこで神々は人間を神の世界から追放してしまったというんだ。(笑)

大塚　そうか、思い出した。うん、うん、ものすごく〝詩〟的な神話ですね。宿命的な人間の哀しい生誕話になっている。

鳥居　そのため人間は永遠にさすらい歩く宿命を負ったが、一方でその哀しみさえも包み込む〝詩〟を手にすることが出来た。聡明な神も、さすらう人間の魂ほど賢くなかったのかもしれない。というのが、僕の愚かな〝詩信仰〟の始まりなのよ。(笑)

大塚　僕と同じように、多くの人から笑われるでしょうね。しかし、その地点から物質的に恵まれた進歩とか向上じゃなく、人間の心の充足とか、本当の自由とかを考えて、生きている人は目いっぱい頑張ってほしいと願わざるをえません。

鳥居　ほら、大塚さんは鋭い指摘をしたにもかかわらず、常識的にまとめようとするでしょ。そこが面白いんだけど、恥ずかしいよ。死んでも変わらないなぁ。(笑)

大塚　何とでも言ってください。鳥居さんも近くこちらにいらっしゃるんでしょう？　こちらで第六次「裸木」をやれる日を楽しみにしています。帰ったらなるべく早くコロナに罹ってください。(笑)

鳥居　分かった、分かった。なるべく煙草を吸って頑張るよ。しかし、喫煙者はコロナに罹りにくいという世界各国の数字が出たんだって。案外長生きしちゃうかもしれない。煙草をやめてマスクなしの濃厚接触に励もうかな。じゃぁまたね。（笑）

芦川　喬
——ashikawa takashi

冥府魔道の赤提灯でオレは待ってるぜ

芦川喬さんは、第二次「裸木」九号からの同人。ペンネーム亜知未。フリージャーナリスト。年齢不詳。その経歴を知る人は少なく、自分を語ることをしない人だが、あらゆる分野を語り、記事にするオールラウンドライターだった。私とは、同人の池田寿が製作していた日本青年会議所の機関紙の〝助っ人編集者〟として知り合い、酒と麻雀の交流が続いた〝悪友〟とでもいうべき人である。

しかし、この〝自虐癖を持つ男〟とは、妙にウマが合い、お互いを罵ることで喜ぶという奇妙な関係で、十年足らずの短い、しかし非常に濃密な交友関係があった。順番で言えば二番目のはずなのに、架空対談の最後に登場してもらった。

〈発表作品〉「混声合唱団」「捨てる」「祖母」「決断」

冥府魔道に咲く花もあるのさ

地獄と修羅の中間にある赤提灯から

鳥居　ワァッ！　ようやく、芦さんに会える日が来たんだ。約束通り、地獄と修羅との仲通りにある冥府魔道の赤提灯で待ってくれていたんだね。懐かしいよ。少しも変わってないなぁ。（笑）

芦川　おお！　待ちくたびれたよ。もっと早く来てくれると思っていたんだけど、あんたは意外にしぶといなぁ。それでも、しばらく見ないうちに別人みたいに痩せている。酒の飲みすぎ、煙草の吸いすぎじゃないか。大丈夫か？

鳥居　七十七歳のとき、渋谷駅のエスカレーターで転落して以来、すっかり老衰の一途をたどって、こんなになっちゃったんだ。男やもめになっちゃって、体重が25キロ減り、身長が3センチ、胴回が16センチも縮んじゃった。風が吹くと吹っ飛びそうな感じでね、最近では百メートルも歩くと息が上がる。もうダメだな。（笑）

芦川　ハッハッハ。もう、ダメだという挨拶代わりの言葉は変わってないようだけど、順調に年を取ったようには見える。でも、もう騙されないからな。往生際が悪いというか、満身創痍でも、初心を貫くには、いまでも、どうすればいいかを必死になって模索しているんだろう。（笑）

鳥居　ゲホッ！　でも、その程度の言い方では芦さんらしくないな。「何か良からぬことを考えているんだろう」ぐらいのことは言ってほしい。それほど純情じゃないつもりだからさ。小心翼々、世の中と人をどう騙そうかと苦慮しているんだと言ったら、悪ぶり過ぎかな。（笑）

芦川　変わってねえなぁ。進歩がねえんだよ。ま、それが良いところなんだろうけど、お前さんはシラッとして〝悪ぶって〟いるところが可愛いと言えば可愛いんだろうな。そして、目をパチパチさせて恥ずかしそうにする。いい年になったというのに、アイドルじゃあるまいに。（笑）

鳥居　ギャッ！　そう来なくちゃ、いい気分になれないよ。うん、大丈夫そうだな。相変わらず容赦なしだね。テノールのいい声で、お得意の「ユー・ネバー・ノウ」と鼻であしらわれているような感じがするよ。いや、実際、芦さんが裸木同人になってくれるまでの態度は「お前さんには決して、オレのことを分からないだろう」と言われ続けているような感じだった。（笑）

芦川　いや、実際、あんたには、決してオレのことなんか分かるわきゃないって、いまでも思っているさ。ところが、それと同じぐらい、オレの方も分かってなかったんだ、って思わせられるような気持ちもあって、こちらに来ても、どうも具合が悪い。こりゃ、まさに地獄だね。（笑）

鳥居　ははぁ、死んじゃうと正直になるんだ。そんなこと、生きている時は一言も言ってくれなかったよ。あんたも〝悪ぶり専門〟みたいなところがあって「どうせオレは嫌われものだから」と不貞腐

れて見せるのが可愛らしかった。お互いよく似ているんだよ。（笑）
芦川　うん、うん、残念ながら反論できないほど正直になっていることは認めるけど、根本は変わっちゃいないと思う。生きている頃のオレは「疑う、嘘をつく、逃げる」という三つの鉄則しか身を守る術がなかったという気がするんだ。それがお前さんに出会ってしまって、オレも〝間違っている〟と思わされたのが〝不幸の始まり〟というべきだろう。（笑）

正統派と異端派と女性に対する見解

鳥居　どうやら、芦さんらしい言い方になって来たな。オレも疑う、嘘をつく、逃げるを防御術にして生きてきたんだけど、頭のいい人には見抜かれてしまって、すべて逆に受け取られたり、真面目な人には額面通りに受け入れられたりして、かえって混乱して困っちゃうんだ。（笑）
芦川　そうだろうなぁ。本当に頭のいい人も真面目な人も困るんだよ。親鸞が「いはんや悪人をや」と言った気持ちが分かるような気がする。親鸞も素直で頭がよくて真面目なのが欠点なんだろうけど、貞心尼という〝いい女〟がついていたから、何とか救われるんだよな。（笑）
鳥居　おい、おい。そんなことを言うと平岡幹弘に怒られるぞ。彼は本当に正統的な親鸞信者だからね。彼は確信的に真面目な男だからね。自分のだらしなさを、親鸞にすがって開き直れるんだからさ。

芦さんは〝異端的親鸞派〟だから、ややこしいことになっちゃうからな。(笑)

芦川 平さんか、どっちが正統か異端かは基準にならねえのと違うか。ちょっと風が吹けば、そんなものは逆転しちまうわけでさ。当たり前の基本は「とびはとびすずめはすずめさぎはさぎ」なんだからさ。認識の問題で、貞心尼の方がキチンと自覚的なのは明らかだろう。(笑)

鳥居 「からすとからす何かあやしき」と迫られれば、親鸞も見事に一本取られた形だろうけど、この程度の認識は貞心尼に限らず、女性であれば誰でも自明の理であって、バカな男にはない天賦の前提なんだよ。逆立ちしたって男がかなうわきゃないだろ。オレも芦さんも(笑)

芦川 ハッハッハ、あんたの土俵際は、そこまでなのは変わってないらしいから、少しも進歩がないっていうんだよ。ここで二枚腰、三枚腰で踏ん張らなきゃ、男が廃るじゃないの。(笑)

鳥居 だからさ、いつまでも男と女を対立関係で捉えていると、そういうふうになっちゃうんだよ。簡単に土俵なんか割っちゃって、悠々と花道を引き揚げればいいんだ。勝ち負けじゃないんだからさ。そんなことで男が廃る、廃らないなんてバカバカしいよ。お笑いだよ。(笑)

芦川 いつも生きていた時は、ここで話が終わっちゃっていたんだけど、折角来てくれたんだから、ここで決着をつけるかい？　お前さん、分かっちゃいないんだよ。困ったお人だ。(笑)

鳥居 困ったお人はそっちだよ。久しぶりに会って、早々から〝男と女の問題〟で決着をつけるとか何とかモメることはないだろう。まるで恋敵のようじゃないか。時代錯誤も甚だしいけど、清純・香川京子と妖艶・太地喜和子の両極を偏愛する芦さんを理解できる者としてはね。(笑)

芦川　あんたは八千草薫とフランソワ・アルヌール一辺倒だ、と嘘をついて誤魔化しているけど、ホンマかいな。あんなの〝男の子〟みたいなもんじゃねえか。お前さん、稚児趣味か。(笑)

死んでも〝貫禄〟なんてつけたくない

鳥居　ブハッ、完全に生きている時の調子に戻ったね。やっぱり進歩がないのは芦さんの方になっているじゃないの。死んだんだからさ、もう少し貫禄がついたかと思っていたんだけど、そうじゃないところが嬉しいな。新宿のゴールデン街か二丁目で安酒を飲んでいる気分だ。(笑)

芦川　そうか、そういう「死んでも貫禄がついてねえ」というホメ言葉は、ありがたい。偉そうな奴には死んでもなりたくねえからな。でも、そういう褒め方をすると、怒っちゃう奴がいるだろう。それで誤解されるのが鳥居という男だから、オレは信用しているんだ。(笑)

鳥居　ハッハッハ、これで完全に二丁目とゴールデン街時代に戻っちゃったね。お互いに〝進歩していない〟ことを確認し合ったような感じだな。修羅と地獄の中間にある冥府魔道の横町の赤提灯で十五年ぶりに再会した二人を象徴していると言っていいのかもしれない。(笑)

芦川　そう言われると口惜しいけど、嬉しいな。ここのところを分かってくれる人って皆無に近いからね。気をつけなければならないと思いながら、生きているうちは、酒を飲んだりすると、どうしても〝地〟が出ちゃう。仲本さんを怒らせて二丁目の溜まり場の「忍」から〝お出入り禁止〟にされちゃったのも忘れられない若気の至りだったと思っているんだ。（笑）

鳥居　ああ、そうだったね。へえ、反省しているの？　あの時オレは二人の間に挟まって飲んでいて、公式論ばかり述べる仲本さんに皮肉っぽく反論する芦さんに同感だったんだけど、急に仲本さんが激怒してビックリしたんだ。すると「忍」のお母さんと呼んでいたママさんが血相変えて、芦さんに「お出入り禁止！」を宣告したのにも度肝を抜かれて、オロオロ。（笑）

芦川　いや、本当に参ったよ。何でお出入り禁止になるのか、さっぱり分からない。仲本さんは酒を飲まない人だから、オレの方が上客のはずなのに、真面目な人の方の肩を持つという了見が分からなくてさ。何で二人に追い出されなくちゃならねえんだ。（笑）

鳥居　何の話からそうなったのか、忘れちゃったけど、真面目な人たちは、われわれのような〝不良〟は許せないのよ。芦さんの言葉や態度が彼らの逆鱗に触れたんだろうけど、酒を飲まない人は不寛容という弱点があると僕は思っているんだ。「忍」のお母さんも仲本さんも酒を飲まない真面目な人たちだから、許せない発言があったんだろうよ。要するにオレたちのような〝不逞の輩〟は、反省しなければならないということだろう。仲本さんは、芦さんにではなく、むしろ間に入ってヘラヘラしながら援護してくれないオレに激怒したのかもしれない。（笑）

芦川　それは分かっているさ。オレの言っていることなんか、ケラケラ笑ってくれれば済むことだし、そうしてくれれば、こっちもいい気持になれるのに、勢いがついて席を蹴らなきゃならなくなる。まあ、自分が悪者になるのは慣れているからいいんだけど、後味が悪すぎて、こんな店で金輪際飲んでやるものかと本気で思ったんだから、オレも真面目過ぎたか。（笑）

拠点・酒場「忍」と「用心棒」、麻雀の日々

鳥居　分かる、判る。そこで意地を張っちゃうのが芦さんで、オレは許容するという違いだけでさ。忍のお母さんも、ひょっとしたら、芦さんにではなく、オレに腹を立てていて、その矛先を芦さんに爆発させたのかもしれないんだ。二人の論争にチャリを入れながら煽っていたのがオレだったという見方も出来るからね。いや、その可能性の方が大きいと思っているんだ。（笑）

芦川　そりゃあないだろう。あんたは「忍」の主（ぬし）のような存在だったからな。あの店は岩下さんや大下さんなど、週刊文春や新潮の書き手の溜まり場だったのが、いつの間にか「裸木」の同人の巣みたいになっちゃっていて、昭和50年代末期から鳥居事務所のような店だったものな。（笑）

鳥居　うん、第二次「裸木」の15冊は、この店をなしには語れないね。当時の同人たちは発行日には、ほとんど全員が集まって乾杯し、10冊持って帰るから、今のように着払いで送る必要はほとんどなかった。みんな常連だから意思の疎通も常にできて、一六会を毎日やっているような感じだったからね。理想的なコミュニケーションが取れていたんだよ。(笑)

芦川　それなのに、オレは〝お出入り禁止〟にされて邪魔者扱いだ。慣れているけど、憤懣やるかたなくて困ったよ。仕方ないから「用心棒」であんたや栗さん、森ちゃんが来るのを待っているという日々が続いたなぁ。そこでメンバーをそろえて雀荘へ繰り込む日々になった。(笑)

鳥居　そうだったね。芦さんのインチキでカモにどれだけされたことか。オレに取っちゃぁ〝恨みは深し麻雀〟なんだけど、あんたの麻雀は堂々としたインチキだから気持ちがよかった。気が付かない連中が多かったけどね。芦さんには、小遣い稼ぎだから負けられないわな。(笑)

芦川　あんたには見抜かれているのは分かっていたけど、それだけにやりにくい面があってな。大体は正常に打たなきゃならない。ここぞという時だけインチキをやって、あんたとは目を合わせないようにするのが辛かった。ウブな〝雀ゴロ〟だと笑ってくれていい。(笑)

鳥居　いや、芦さんのインチキは〝芸〟の域にまで達していたよ。オレはむしろ楽しく感心したね。仲間内ということもあるんだろうけど、帳尻合わせに、負けている奴に、見え見えの振り込みをやっ

てやったりして、帳尻を合わせるんだ。その方がオレは腹立たしかったけどね。（笑）
芦川　やりづらいなぁ、ワルになり切れない〝ええ恰好しい〟なんだよ。誰も気付いてくれないけど、自己満足みたいなもんで生きてきたのが恥ずかしい。まあ、オレはその程度の人間なんだと自嘲して慰めるという屈折した心理状態も見抜かれていたんだろう。（笑）

誰にも理解されない〝ええ恰好しい〟の末路

鳥居　そういう〝ええ恰好しい〟というのは、オレの好みだからいいんだけど、多くの人には通じない。だいたい空疎でもっともらしい大義名分の方を好む人が圧倒的だからね。だから、芦さんも純情でインテリの弱さを過分に持っている男だと思ったなぁ。（笑）
芦川　ワルぶっても底が抜けてるってわけさ。恥ずかしいったらないじゃねえか。今だから正直に言えるけど、あんたは恥ずかしげもなく〝純情〟と〝インテリ〟を両手に持って〝ワルぶっている〟ことをやっているのには、ホトホト感心するね。そこで開き直っている。（笑）
鳥居　ハッハッハ、厳しいなぁ。そう見えるかい？　こっちゃあ、地獄だよ。いや、修羅と地獄の中間かな。どっちに行っても苦しいことには変わりがない。それじゃ、そこで楽しむより仕方がねえじゃないの。そこで反省すると、芦さんの方の〝純情〟が上だって気付くんだ。（笑）

芦川　そりゃ悪い了見だぜ。お前さん、やっぱり〝ユー・ネバー・ノウ〟なんだ。オレのような小悪党に〝純情〟という最大級の誉め言葉を与えちゃいけねえんだよ。ありがたすぎて涙が出る前に、付け上がらせるんだよ。褒め殺しにもならねえじゃねえか（笑）

鳥居　でもさ、芦さんの「混声合唱団」という「裸木」の第一作は、完全な失敗作だけど、誰が何と言おうと、あんたの本音だし、決定的に芦さんの純情が伝わってくる。あ、これは「裸木」そのものだと思って泣けたねぇ。けちょん、けちょんにけなしたけど、オレにとっちゃ、最大の励ましになった作品だった。それは今でも変わらない。（笑）

芦川　そうか？　オレ、あんたから糞味噌に批評されたんで、よし、オレの本当のところを書いてやるぞという気持ちに猛然となったんだ。人はあんたのことを〝褒め殺し〟だとか言って喜んでいるけど、オレにゃ厳しかったな。「混声合唱団」だけじゃなく、書くたびにケチョンケチョンにやっつけられた。それが嬉しかったし、励みになった。（笑）

オレの作品だけ厳しすぎて、ありがたかった

鳥居　そこが芦さんの偉いとこさ。オレが最高傑作だと思っている「捨てる」という掌編小説の「すべてを捨てるといいながら、僕はまだ生きている。ゴミ処理のトラックが序（ついで）にぼくを運んでいっては

くれないか、と、ふと思った」という最後の二行にケチをつけて「芦さん、ゴミ処理のトラックだっていやがるかもしれないぜ」と言ったときは苦しそうな顔をしたけどな。（笑）

芦川　まったく、あんたはひどい奴だよ。普通の人なら怒っちゃうだろう。容赦なしだもんな。しかし、オレが死ぬ直前に電話で、オレの最後の作品「決断」を「こりゃ何だ！」って怒りの電話をかけてきて、最後を書き直せって言ってきた。オレはあんたに殺されたのかもしれないと思っているんだ。そんなにひどかったかい？　オレは「これで死ねる」という気持ちで書いたんだけどな。（笑）

鳥居　だってさ、お前さんはずっと、警察とアメリカと民青を憎み続けて、あれだけ反体制の姿勢を貫いて生きてきたんだぜ。しかし、あの〝大傑作〟は、主人公が最後の最後、代々木警察に自首する二行の描写で終わっている〝大駄作〟になっちゃっているんだ。これが怒らずにはいられるか。情けないったらありゃしない。完全な失敗作だよ。（笑）

芦川　厳しいなぁ。そう言われるだろうとは思っていたんだけど、それが狙いでもあったんだ。これだけ自分はダメな奴なんだと自嘲しながら最後の二行を書いて、これで死ねるって、安らかな気分になれたんだけど、やはりダメか、って落ち込んだよ。ひでえ奴だ。（笑）

鳥居　あの「明日に向かって撃て」だっけ。ポール・ニューマンとロバート・レッドフォードが銃で取り囲む警官に向かって乱射しながら飛び出してゆくラストシーンの感動を覚えている人だったら、

みんな怒るだろうよ。でも、そうか。そういうことだったのか。（笑）

芦川　うん、オレのいつもやる誰も分かってくれない恰好づけよ。反体制というより、徹底的に自分がダメな奴ということを強調したかったんだけど、やっぱり駄目だよな。あんたの〝正論〟の方が当たっているのは確かでさ。恥ずかしいったらありゃしない。（笑）

ジョージには通じなかった〝愛情過多〟の問題

鳥居　でも、オレも電話の途中で、死にそうになっている芦さんに、こんなに怒っちゃいけないかと反省したことも事実なんだ。結局、あんたがすぐ死んで、最後の二行はそのままに掲載されたんだけどさ。憤懣のやりどころがなかった。因果な話だよ。（笑）

芦川　電話で「完全な裏切りじゃないか。芦さんが一番嫌ったのは、体制に降伏する裏切り行為じゃなかったのか」と怒られた時、処刑されたような気持になったのを覚えている。でも、そう言われて気持ちがよかった。これできれいさっぱり死ねると思った。（笑）

鳥居　〝褒め殺し〟も〝けなし殺し〟も、オレにとっちゃ同じでね。どちらも正直に自分が感じたことを一生懸命伝えるだけなんだけど、大体の人は怒っちゃうんだよね。渡辺穣司の場合は死ぬまでオレを恨んでいたな。正直と一生懸命はいけないことでもあるんだよ。芦さんは「そうか、そうだよなぁ」

と受け止める能力があるけど、多くの人は怒るんだ。（笑）

芦川　そうだろうなぁ。その辺があんたの限界さ。あるいはジョージの限界か。あいつをあんたのやり方で可愛がったんだろうとは思うけど、あいつはマゾじゃないからな。あのプライドの高さというのは尋常じゃないし、必死になればなるほど裏目に出る。（笑）

鳥居　そうなんだ。いいところをいっぱい持っているのに、劣等感の塊のようなところがあって、妙に世俗的なところのプライドに邪魔されているのがいけないと思って、彼のプライドを徹底的にぶっ壊してやろうとしたのが失敗だった。お説の通り、オレの限界で、慣れないことはするものじゃないという典型だね。あいつは死んでもオレを恨んでいると思うと辛いなぁ。（笑）

芦川　ハッハッハッ、やけに素直だな。そんなに自分をいじめることない。あれはあんたの愛情過多だと思うよ。彼はそれを受け止めきれなかっただけさ。慰めたって何にもならないんだけど、愛情過多は〝上から目線〟になっちゃうという危険を孕んでいるからね。（笑）

鳥居　うむ、肝に銘じているんだが、自分自身が持っている〝世俗の部分〟と二重写しになってしまっているので始末が悪いんだよ。結局、その愛情過多はジョージに対するものではなくて、ナルシズムでもあるんだ。他人事ではないと感じるものだから、余計厳しくなっちゃう。（笑）

芦川　気持ちは痛いほどわかるけど、そういう場合、あんたらしくない一直線になってしまうんだろうなぁ。お得意の〝ねじれ直線〟は、どこへ行っちゃうんだい。ジョージはあんたを尊敬していたよ。あんたがジョージ、ジョージって可愛がっていたのが羨ましかった。(笑)

鳥居　そうなんだ。彼も最初の頃は「鳥居さんのためなら何でもします」なんて手紙をくれたりして、会えば何でも語り合えるようないい関係だったんだ。仕事上の翻訳なんか、彼が専属のような形でやってくれてさ、とてもいい関係だったんだよ。誉め合っているうちはね。(笑)

芦川　ハッハッハ、そりゃ、あんたの稚児趣味だよ。ところがあんたは難しいんだ。入れ込みすぎるというか、お得意の〝いい加減〟と〝何でもあり〟という寛やかな許容がすっ飛んじゃって上から抑え込もうとするんだろう。オレもそうだから人のことは言えないかも知れない。(笑)

鳥居　とにかく〝上から目線〟というのは、どんなに正しくても対人関係ではタブーとしなきゃならないんだろうな。しかし、本当のことを言い合わないでナアナアで均衡を保つというのは、もっとまずいわけで、どんな場合でも笑い合えるコミュニケーションがなければならない、などと言うと、真っ当過ぎて恥ずかしいだろ。困ったもんだ。(笑)

芦川　その羞恥心というものが分からない真面目さというのが、一番始末に負えない。それは鈍感というものだと思うけど、お互い生身の人間だからな。それぞれの事情もあろうし、好みと苦手の問題もあるしさ。これがオレたちの二人の最大の乗り越えられない壁かもな。(笑)

裸木の旅行で鳥居（左）、芦川さん（中）、栗原さん（右）の３人

自分しか書けない物を書け！

鳥居　うむ、いい年をして情けないけど、そんなところでウロチョロして、芦さんから進歩がないと、死んでからも説教されるわけさ。そんなことは分かってらぁ、と一歩踏み出して〝意地悪じいさん〟に徹するというか、憎まれ役を楽しめるほどに〝老成〟出来ればいいんだけど、まだまだその域に達しないでオレも死んじゃうんだろうな。教えてくれよ。（笑）

芦川　ようやく白旗を掲げたか。でもな、あんたは頑張ってるよ。お前さんがやってきたことを同人たちが本当の意味で知ったら、ビックリするんじゃないかな。「何で

もいい、下手糞でもいい、ただ書くことだけでいいんだ」というやり方は、誰も理解していないようだけど、オレには衝撃的だった。あんたがいなかったら、オレは書かないままこちらにきただろう。(笑)

鳥居　それしか能がないのよ。それぞれの個人が、その人だけが書ける何かを持っていることだけは確かだからね。それを書かせたいし読みたい。ただそれだけなんだ。そのためだったら、何でも誰でもめいっぱい応援したくなる。書いたら褒め殺しじゃなく誉めるだけなんだ。(笑)

芦川　ただそれだけじゃない。同人費を未払いのまま死んじゃった者に、無理には請求せず、同人の訃報の度に香典を送っているという些末なことまで含めると、バカじゃないかと思うほど経済的な負担を一人で背負っていた。やはり、同人みんなに平等に負担させる方がいい。あんた一人がいい恰好したって、誰も気付いちゃいないんだ。馬鹿だよ。(笑)

鳥居　ま、それはいいんだけどね。同人費を払えない人は、それなりの事情を抱えているんだし、香典なんかは、本当は送る方が失礼なのかもしれないんだ、という思いもあって、その時その時の自分の判断で処理するんだ。相手は遺族だから、同人じゃないだろ。ここは世俗に従う方が無難というのがオレの判断なんだ。芦さんには甘いと言われるだろうけどな。(笑)

芦川　いや、オレはそう思わない。あんたには珍しい適切な判断だと思うけど、お前さんが一人で背負うことはないいんだよ。一六会で集まった時にでも、同人みんなに「あいつが死んだから香典を送りたい、って徴収したほうがいいということさ。そうすれば、一人百円から三百円で済むだろ。あんた一人でいい恰好をするんじゃない、って言っているんだ。（笑）

同人費と慶弔費負担の厄介な問題

鳥居　なるほど。そういえば、当時一六会は三十人以上集まった時が多かったから、そうしてもよかったんだけど、集まったらそんなこと考える暇なんかないだろ。ドンチャカ騒ぎでハチャメチャだし、その方が楽しいじゃないの。やはりどうでもいいことだよ。（笑）

芦川　うん、まあ、そういうことになるか。じゃあ、同人費徴収の時に慶弔費として加算するとかさ、いくらでもやり方があるさ。とにかく、あんたが一人で背負い込むことじゃないってことだ。その方が同人たちだって気持ちがいいだろう。いや、ダメだな。こんなことを言ったって、あんたはいつも一人で誰も気が付かないのにいい格好しているんだからな。馬鹿だよ。（笑）

鳥居　ハッハッハ、いや、オレは芦さんが考えているような〝ええ恰好しい〟じゃなくて姑息なんだ。一号分でも同人費を払わないで、そのまま亡くなった同人には、未納金を香典代わりにしてくれ、と思って香典は送らないんだよ。死者に対して〝差別〟しちゃう。（笑）

芦川　そうか、それは〝正解〟だよ。いや、まだ甘いな、オレなら遺族に請求書を送り続けてやるけどな。と、お前さんには発破をかけてやりたいけど、そんなことを鳥居という男がやるはずがないのは、百も承知だからどうでもいいんだ。ただ、誰も気付いてはいないだろうけど、そんな無駄な〝ええ恰好しい〟をいい年をしてもやり続けるのを見ていると腹立たしくなるのさ。（笑）

鳥居　それでも五回分原稿は出すけど、同人費を払わない同人がいてさ。その度に一度は請求するのだけど、梨の礫なんで、分割でいいから、毎月少しづつ払うようにしたらどうか、と珍しく二回請求したことがあった。何か事情があるのだろうと思っていたけど、何の音信もなく、原稿だけは送られてくるというのも妙な感じがしてさ。恥ずかしいよ。（笑）

芦川　まったく、お前さんは馬鹿だよ。何が恥ずかしいことがあるもんか。まったく当たり前のことが分からないんだから、見ていられないな。そんなことは事務的にやればいいんだよ。毎月でも請求すればいいんだ。オレが生きていた時に言ってくれたら。何とかしてやったのに。

生きて地獄、死んでも地獄を楽しもう！

鳥居　何だか、芦さん、オレの高校時代からの関憲治という友人に似てきたな。もういいよ、オレのことなんか心配してくれる必要なんかないんだ。もう、芦さんは何も心配することなんかないんだよ。芦さんは死んじゃったんだから。いい加減、自分がダメな人間だという〝感傷〟に浸っていないで、

そろそろ本気になって芦さんが書いてくれることを望んでいるんだ。（笑）

芦川　無茶苦茶だな。でも、そう言ってくれる鳥居という男がこちらに来てくれなきゃ、やる気が出ないんだ。早く来いよ。それまでオレは、この地獄と修羅の中間の小さな居酒屋で待つより仕方がないじゃないか。春日八郎のように「早く来ぉ、早く来ぉ、地獄に帰って来ぉ、生きてるばかりが、何でいいものか」って、得意のテノールで歌いたいよ。（笑）

鳥居　そうか、そうか。なぁに、長くは待たせはしないよ。あと一息さ。どの道、生きて地獄、死んで地獄である限り、代わり映えはないだろうという予感はするが、芦さんがいてくれるなら、その場で思いっきり泳ぎまくりたいね。善も悪も正義も不義も右も左もすべてひっくるめて肯定出来る〝安吾の世界〟が誰でも本当に理解出来ればいいね。（笑）

芦川　ハッハッハ、お前さん、どこまで甘っちょろいロマンチストなんだ。そんなこたぁ、決してあるわきゃねえじゃねえか。みんなもっと真面目でお利口さんなんだよ。言葉を変えて言えば、いい加減で狡いのよ。それが現実である限り、お前さん、また泣きを見るだけさ。言っていることは分かるよ。皆、お前さんと違って自分だけが可愛いのさ。（笑）

鳥居　芦さんが言っていることも、もちろん百も承知だよ。オレが絶望しているのは、同人誌に作品を発表しながら、他の同人の作品を読まないでいる〝同人〟が多いんだ。それに気づいた時から〝同人誌〟と呼ぶのは、本当は間違っているんだって気付いたね。異人同志というのが現実なんだ。泣きを見るというより、愕然としたね。オレは違うぞ！（笑）

芦川　おっ、お前さん、初めていいことを言ったよ。あんたは現実を逆手に取って〝同人誌づくりが好きな人〟という仮面をつけたまま同人誌を〝趣味〟の問題に貶めたんだよ。それを知っていながら、知らない素振りでやっているのが〝したたか〟なところだと評価するけどさ。そして今〝オレは違う〟と宣言しているところも感心するよ。（笑）

オレは違うぞ！　と言える勇気が基盤だ

鳥居　うん、芦さんにそう言われると嬉しいな。オレが芦さんに一番感心することは、同人たちに会うと、あんた必ず「おい、読んだぞ！」とその同人の作品について感想を述べる姿勢だった。それが異人同志の〝同人誌の基本〟だよ。芦さんは裸木同人会に入会したんじゃない。「裸木」の同人になっちゃったんだ、と思って嬉しかった。そして作品上では「オレは違うぞ！」と言い続けてきた。もって銘すべしと評価したいね。（笑）

芦川　ウヘッ、あんたにそう言われるとは畏れ入った。ま、お互い変なところで波長が合っているということなんだろうけど、一口で言ってしまえば「同人ということは、お互い〝異人〟であるという当然のことを認め合い、主張し合うことにある」という、ややこしいことを、一挙に綜合しちゃおうとする鳥居哲男の無茶苦茶な〝いい加減さ〟と必然的に生まれてくる〝何でもあり〟という呪文を、論理を超えたところで理解し合わなければ、無理があるんだろうなぁ。(笑)

鳥居　うん、強引に言えばそういうことになる。だから、永遠に見果てぬ夢を見ることになるわけさ。椎名麟三のように、常に「永遠なる序章」を繰り返すか、シジフォスのように永遠に虚しい作業を続ける以外に〝道〟はない。甘んじて〝バカ〟をやり続ける覚悟だけはあるんだ。(笑)

芦川　うん、そこまで行けば〝本物〟だな。甘っちょろいロマンチストと軽蔑しなきゃならないんだが、絶対的な条件として〝あくまで少数派〟でいられるかどうかが勝負だろうな。きっとオレのインターナショナルを夢見た甘っちょろさとは永遠に合致しないだろうけど、認めるよ。(笑)

絶対少数派の旗を掲げて修行しよう

鳥居　うん、絶対少数派の旗だけは、死守しなきゃ。多数派になったらおしまいだぜ。この論理的矛盾のために生きているようなものだからな。だから、もう少し待っていてくれ。死んでもこちらで、芦さんと第6次「裸木」をやらなきゃならないからね。(笑)

芦川　うん、待ってるさ。これだけ待ったんだ。どれだけ待っても同じことなんだろうけど、そろそろオレも待つのを楽しめるぐらいには成長したからな。「私待つわ」でも「オレは待ってるぜ」でも、自慢のテノールで歌いながら待つマゾヒズムだけは健在らしいや。頑張れ！　そして、その時が来たら「冥府魔道に咲く花もあるのさ」と乾杯しよう。（笑）

鳥居　じゃぁ、また孤立無援の楽しい生き地獄に戻って、もうひと踏ん張りしてから、この修羅と地獄の中間にある赤提灯に戻って来るか。前途洋々だな。シトシトピッチャン、シトピッチャン、ちゃんの仕事は四角（刺客）ぞな、と嘯きながら、とことん修行してくるよ。ああ！（笑）

あとがき

さて、あきれ果ててもらえたろうか。ぼくはそれで満足だが、ここに登場した十人以外にも、まだまだ〝傑物〟は大勢いて、これからも天国やら地獄やらに足を運ばなければならないと思っている。

高校時代からの友人・関憲治、青森の大学時代の同人誌仲間・津秋俊平には、すでに会っていて、超時空対談の録音テープの収録済みだが、まだ、テープ起こしをしないまま放置してあるし、喧嘩別れしたままの詩人・渡辺譲司、晩年、なぜか疎遠になってしまった飯塚哲との関係も修復したいとは考えているのだが、三途の川を渡って〝あちら側〟に行くには、なかなかのエネルギーが必要なのだ。老衰のわが身が恨めしい。

しかし、いずれ時間が解決してくれるだろう。近い将来、ぼくも〝あちら側〟に定住することになるだろうし、そうなれば老衰を気にすることなく、自由に皆と交流することが出来るだろう。あちらで何をするかって？　決まってらぁ、大勢いる仲間とともに、同人誌をやりながら「同人誌って何だ！」と思い悩むに違いない。馬鹿だねぇ。

著者

鳥居哲男（とりい てつお）

1937年（昭和12年）京都市生まれ。國學院大學文学部国文科卒業。新聞社、出版社勤務の後、フリーのエディター・ライターとして活躍。著書に「現代神仏百科」（アロー出版）、「清らの人」（沖積舎）、「ラ・クンパルシータ」（近代文芸社）、「エル・アマネセール」（晴耕社）、「わが心の歌」（文潮社）、「倍尺浮浪」（開山堂出版）などがある。同人誌「裸木」主宰。

同人誌ってなんだ！ Part II

二〇二二年一月三十一日　初版第1刷発行

著　者　鳥居哲男
発行者　加藤保久
発行所　裸木同人会
制　作　㈲フリントヒル
東京都新宿区新宿1丁目7番10号
電話　03－3358－5460
発売元　開山堂出版株式会社
東京都中野区中野4丁目15番9号
電話　03－3389－5469
定　価　850円（税別）
印刷所　モリモト印刷株式会社

ISBN978-4-906331-70-3 C0295 ¥850E